天川日輪
（あまかわ・ひわ）

向日葵、好きなの？

青春2周目の俺がやり直す、ぼっちな彼女との陽キャな夏

2

Story by igarashi yusaku
Art by hanekoto
五十嵐雄策
イラスト
はねこと

プロローグ

prologue

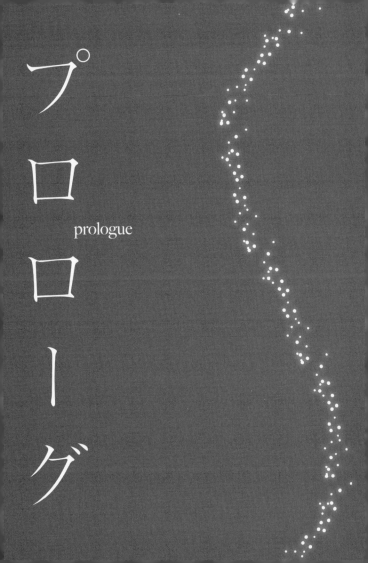

意味がわからなかった。

目の前の光景が、現実のものだという実感がまったくもって湧いてこなかった。

だけど頭を振ってみても、頬をつねってみても、そこは見慣れた二十五歳の俺の部屋だ。

――ただ俺はだれかといっしょに暮らしていて、そして目の前にいるのが美羽だということを除けば。

「ちょっとちょっと、何でそんなゾンビでも見たみたいな顔してんの？　こーんなかわいい彼女を前にして失礼だし」

美羽《みう》が怪訝《けげん》そうな顔で下からそう覗《のぞ》きこんでくる。

「え、い、いや……」

「やっと二人とも休みが取れたから、今日はデートに行く約束してたじゃん。買い物して、映画見て、おいしいご飯食べて、で、その後は……いちゃいちゃしよ♪」

えへへ、と腕を絡《から》ませてきながら美羽《みう》が笑う。

それは記憶にあるものよりも幾分か大人びてはいたものの……確かに俺の知っている彼女の笑顔だった。

——いったい何が起こっているのか。

混乱する頭で必死に状況を整理しようとする。

俺は確かに過去を変えたはずだった。

タイムリープをして、あの後悔しかなかった十年前の夏に戻り、そして過去を変えることで望む未来を手に入れたはずだった。

陰キャだった自分から脱却して、クラスメイトや同級生たちとコミュニケーションを取って、二度目の青春を取り戻して。

一度目では表層しか見えていなかった安芸宮《あきみや》と本気で向き合うことによって、初めて彼女の本音に触れることができ、本当の意味で思いを伝えることができた。

そして……付き合うことになったはずだ。

なのにどうして、目の前にいるのが彼女じゃないんだ？

「ほら、ちゃちゃっと支度しよ。あんまり遅くなるとお店も混むっしょ」

「え、あ、ああ……」

「えへへ、フジっちとのデート、楽しみだし♪」

まだ頭の中が混乱状態のまま、にこにこと笑みを浮かべる美羽《みう》に手を引かれて俺は部屋を出た。

部屋の奥に置かれていた水槽で、大きな金魚がぴちゃんと跳ねたのがどうしてか目に入ったのだった。

「ねえねえ、この服、どう思う？　ちょー似合ってない？」

「ん、ああ……いいんじゃないか」

笑顔でそう言ってくる美羽《みう》にうなずき返す。

「ほんと？　あ、でもあたし的にはこっちのセットアップも捨てがたいんだよね～。フジっちはどう思う？」

「え、いやどっちも似合ってる。美羽《みう》が気に入った方でいいと思う」

「……。……そっか、じゃあ最初の方にするね。買ってくるからちょい待ってて」

そう言ってレジへと向かう美羽《みう》の背中を見ながらも、俺の心は上の空だった。

どう考えてもわからない。

いや、いいか。

どうして美羽なのか。

もちろん美羽《みう》のことは嫌いじゃない。

明るく真《ま》っ直《す》ぐないい子だし、少しばかり賑《にぎ》やかすぎるところがあるのは玉に瑕《きず》だけれど、それでも友だちとしてこの上なく好ましく思っている。

いっしょにいて楽しいと思っている。

だけど俺の心の最も深い部分にいるのは、共に未来を過ごすことを選んだのは……安芸宮だったはずだ。

「お待たせ、フジっち。んじゃ行こっか。映画は何にする？」

「え、ああ……」

「特に見たいのがないなら、その場で決めよ？　こういうのってノリが大事だし。ほら、ごーごー！」

再び美羽《みう》に手を引かれて、映画館へと向かう。

たどり着いたのは、いつか美羽《みう》といっしょに来たのと同じシネコンだった。

「わ〜、たくさんあるね。どれがいっかな〜」

「とりあえずホラー以外とか……」

「う、それはそうかも。だったらこれは？　最近ＳＮＳで話題になってたやつ。主人公と彼女の関係性がめっちゃエモいんだって」

「ん、ああ」

「おっけ！　じゃあこれにしよ」

結局映画は恋愛ものに決まり、俺たちは並んでシートへと座った。

映画を見ている最中、美羽《みう》は隣でずっと俺の手を握っていた。

その手はとても温かく、繋《つな》いだ先から美羽《みう》のこちらに対する信頼が感じられて……俺はどこか申し訳ない気分になった。

「は～、映画、面白かったね～！」

映画館を出て、美羽《みう》が楽しそうにそう言った。

「……」

「ほんとマジで主人公と彼女がエモエモだったし、最後のどんでん返しも最高だった！　主人公が彼女の秘密に気づくところとかもよくなかった？」

「……」

「フジっち？」

「……え？　ああ、そうだな。面白かった」

「……」

そう答えはしたものの、正直、映画の内容はまったく頭に入ってこなかった。

俺の頭の中ではずっと今の状況に対する疑問が渦巻いたままで、それにかかりきりになってしまっていた。

どうして俺は今こうして美羽《みう》と恋人関係になっているのか。

そして安芸宮《あきみや》との関係はどうなってしまったのか。

知りたいことはそれこそ山ほどあって、頭の中でグルグルと回り続けている。

美羽《みう》に直接尋ねてみればいいのかもしれない。

だけどなぜか……美羽《みう》に安芸宮《あきみや》のことを訊《き》くのはためらわれた。

「……フジっち」

「え？　あ、ああ、悪い、何だっけ――」

気づいたら俺の前でこちらを見上げていた美羽《みう》に答えかけて。

「？」

と、そこで俺はふいに顔を両側から手で挟まれた。

美羽《みう》の細い腕からは思いもよらないくらい強い力で、そのままグイと引き寄せられる。

目の前には、真剣な瞳で真《ま》っ直《す》ぐにこっちを見つめる美羽《みう》の整った顔。

「美羽《みう》……？」

「……あのさ、フジっちに色々思うところがあるのはわかる」

「え……？」

「今日は特別な日だし、どうしたってあのことを考えちゃうのは仕方ないと思う。それにそもそも、フジっちは、まだ……」

「……」

どこか思い詰めたような声。

そして次の瞬間。

「——だけど今は、あたしを見て」

直後に、唇がふさがれた。

美羽《みう》の甘やかな香りとともに、呼吸が妨げられて一瞬気が遠くなる。

その時だった。

ふいに意識がぐにゃりと歪《ゆが》むのを感じた。

鮮やかだった視界がぼやけていき、周囲の喧噪《けんそう》がフィルターを通したかのように遠くに聞こえる。

（これは、あの時と同じ……）

一度目に車に轢《ひ》かれて意識が遠ざかった時と。

そして二度目の夏で……安芸宮《あきみや》とキスをした時と。

まるで精神だけが乖離《かいり》して、自分の身体《からだ》から離れていくような感覚。

そのまま……俺の意識は薄れていった。

完全に意識が闇に落ちる寸前に、どこからか懐《なつ》かしい向日葵《ひまわり》の匂いがしたような気がした。

第一話

再びの夏

1

バタバタ……ドタン！

全身に走る衝撃とともに、目が覚めた。

「つつつ……」

背中に広がる鈍い痛み。

右手で腰をさすりながら目を開くと、ぼんやりと浮かび上がってくる視界には見覚えのある白い天井が映し出されていた。

「ここは……？」

起き上がり、辺りを見回す。

蒸し暑い部屋の空気とともに視界に入ってきたのは、適当に投げ捨てられた携帯ゲーム機、無造作に積まれた雑誌、使い切られた絵の具のチューブ。

それはさっきまでいたショッピングモールではなく……体感的にはつい昨日まで過ごしていた、見慣れた実家の俺の部屋の光景だった。

「もしかして……」

またタイムリープしたのか？

真っ先に浮かんだのはその可能性だった。

立ち上がって、部屋の隅にスケッチブックとともに置かれていたスタンド式の鏡へと駆け寄る。

するとそこに映っていたのは……

「やっぱりそうなのか……」

鏡に映っていたのは……明らかに若返った自分の姿だった。

どこかまだあどけなさが残っていて、目の下に隈《くま》がなく、肌の張りやつやが明らかにいい。

そのどう見ても十代な外見から、自分の仮定は間違っていないと確信する。

だけどどうしてまたタイムリープしたのか。

わからない。

いやそもそもタイムリープがどういう条件で起こっているのかもわからないので、どうしようもないという話ではあるのだけれど……

「うーん……」

鏡の前でウロウロしながら、現状について考えていると。

「ちょっと、うるさいんだけど、お兄ちゃん！」

バタバタバタバタ……ドタン！

そんな声とともに勢いよくドアが開かれて、部屋に入ってきた人影があった。

制服姿の少し生意気そうな女子。

妹の——朱里《あかり》だ。

俺を見ると朱里《あかり》は腰に手を当てながら呆《あき》れたような顔をした。

「朝から何がたがた騒いでんの？　モンゴル相撲？　台所まで響いてきたんだけど」

そう責めるような口調とともにじーっと睨《にら》みつけてくる。

現代ではすっかり疎遠になってしまっているが、この頃は小競《こぜ》り合《あ》いや口喧嘩《くちげんか》などは絶えなかったものの、まだ普通に話をしていた時期だ。

前回のタイムリープでもそうだったが、そのことを改めて実感して、思わず笑みがこぼれてしまう。

「なによ、ニヤニヤして」

「え、や、兄妹《きょうだい》の仲がいいのはいいことだなって」

「え、今のそんなやり取りだった……？　ていうかぜんっぜん仲良くないし。タコスッポンタケみたいにキモ……」

ダイレクトに失礼な台詞《せりふ》を投げかけてくる。

とはいえそんな小生意気な言動さえも今は微笑《ほほえ》ましく思えるため、特に腹が立ったりもしない。

ただ、一つだけ、この兄を見た目の気持ち悪いキノコ呼ばわりする妹について、気になることがあった。

「朱里《あかり》、髪……」

「え？　髪がなによ」

「お前の髪、そんなに長かったっけ……？」

それだった。

俺が二度目の夏で最後に見た記憶では肩にかかるくらいのセミロングだったはずだ。

だけど今の朱里《あかり》の髪はロングと言っていいほどの長さはある。

これが意味することは……

とある可能性が頭に浮かぶ。

「なあ、朱里《あかり》、いちおう訊《き》くんだが……」

「？　なによ」

「今日って何年の何月何日だ」

俺の問いに朱里《あかり》が怪訝《けげん》そうな表情になる。

だけどすぐに腕を組み直して、何を言ってるんだって顔でこう口にした。

「はぁ？　とうとう頭にまでキノコが生えちゃった？　何月何日って、そんなの決まってるでしょ。今日は――」

朱里《あかり》の口から出た日付。

それは俺が安芸宮《あきみや》に告白をして付き合うことになってから……二年後の七月のものだった。

朱里《あかり》の話や周囲の情報から総合すると、どうやら俺は今は高校生で、家から電車で十五分ほどの場所にある桐原高校《きりはらこうこう》に通っているらしい。

桐原高校《きりはらこうこう》はこの辺りでは中の上くらいの、いちおう進学校だ。

大学進学率も悪くなく、周囲での評判もいい。

女子の制服がかわいいことから、そういう意味でも人気なことで知られていた。

『ていうかよくお兄ちゃんの成績で合格したよね。お兄ちゃん、見た目は地味で陰キャで勉強だけはできそうな外見だったのに、実際はぜんぜん雑魚雑魚《ざこざこ》だったじゃん。なんだろ、見かけ倒し？』

とは朱里《あかり》の言。

正直その指摘についてはその通りだと思うが、成績に関しては俺と似たり寄ったりな妹にそこまで言われたくない。

まあそれはひとまず置いておくとして。

一度目の人生では、俺が進学したのはもっとランクの低い高校だった。

それにはそもそも絵を描いてばかりで勉強に興味がなかったためとか、安芸宮《あきみや》の件があった後は全てがどうでもよくなってしまっていたためだとか、色々と理由はあったのだけれど……

とりあえずそこから考えればずいぶんな躍進だ。

「――行ってきます」

どこか借り物のような制服に袖を通して家を出る。

二度目の夏と同じように、母親は朝食をパスしたことに文句を言い、父親はテーブルで新聞を広げたままこちらに目で挨拶するだけだった。

「あ、待って、出るなら私も行く。かわいい妹がいっしょの方がうれしいでしょ？」

偉そうな口調でそう言い放って、朱里《あかり》が隣に並んだ。

そのまま駅への道を歩き出す。

「どう、お兄ちゃん、高校ではうまくやってる？」

「ん？　あー、まあ、そこそこだとは思う、たぶん」

タイムリープしてきたばかりでわからないけれど。

「へー、まあがんばりなよ。お兄ちゃん、見た目はだいぶマシになったけど、元がばりばりの陰キャなんだから。なめられないようにしないとさ」

下から顔を覗《のぞ》きこみながらそんなことを言ってくる。

もしかして心配してくれているのだろうか。まあ口は多少悪いものの、この生意気な妹は根はそれなりに素直でかわいいやつだということはわかっていて……

「あ、でも今もなんかあるとジトジト考えこんで粘着質なところは変わんないか。ほんとお兄ちゃんってキノコ系男子だよね。あははははは」

「……」

……前言撤回。

……多少、ではないかもしれない。

そんな兄妹《きょうだい》の心温まるやり取りを交わしつつ、やがて分かれ道に差しかかる。

「んじゃまたね、お兄ちゃん。うっかりキノコバレしないように気をつけなよ？　――あ、そだ」

「？」

そこで朱里《あかり》は反対方向に行きかけた足を止めると。

くるりとこっちを振り向いてこう言ったのだった。

「お兄ちゃん、今日もどうせ美羽さんと会うでしょ？　そしたらまた今度いっしょに買い物に行きましょうって言っといてよ。夏服のコーデ、選んでほしいんだー♪」

2

桐原高校《きりはらこうこう》は男女共学の公立校だ。

校風は比較的緩く服装や髪型などにも厳しい制限はない。登校に自転車やバイクを使うのも自由。アルバイトのみは許可制であるものの、ほぼ申告制と言っていいものであり、ハードルはないに等しい。

そういう意味で、特に目立ったところのない普通の公立高校といった印象である。

ただ通っていた中学から距離が近く、さらに偏差値的にも適度なレベルであることから、同じ中学から進学した者も多い。

それはつまりその辺を歩いていれば顔見知りに遭遇する可能性もあるということであって
……

「お、藤ヶ谷《ふじがや》、おっはー」

背中を軽く叩《たた》きながら通りすがりに声をかけてきたのは、見慣れた顔。

どこか懐《なつ》かしいその声に横を見てみると。

「佐伯《さえき》さん？」

そこにいたのは……中学の時に隣の席だった、陽キャでフレンドリーな一軍女子だった。

「うん、佐伯《さえき》さんだよー。今日もあっついねー。どろっどろに溶けちゃいそう。夏は嫌いじゃないけど、暑すぎるのだけはかんべんかなー」

制服の胸元をぱたぱたとしながら、明るい笑顔で見上げてくる。

「ん、どしたの？」

「あ、いや……」

「見たい？」

「そうじゃなくて……」

胸元を広げてくる佐伯《さえき》さんに少し目を逸《そ》らしながらそう返す。

どうやら佐伯《さえき》さんも同じ学校に通っているらしい。

辺りを歩く女子生徒たちと同じ制服を着た、同中のクラスメイトとの予想外の再会に、思わずその場に立ち止まってしまう。

すると佐伯《さえき》さんはぽんと手を合わせた。

「あー、わかった。今日の数学、当たりそうだから助けてほしいんでしょ？　しょーがないなー、藤ヶ谷《ふじがや》は。ま、隣の席のよしみで助けてあげないこともないよ？　あずきバー一本で手を打とう、うむ」

うんうんとうなずきながらそんなことを言ってくる。

しかもまた同じクラスで、なおかつ隣の席のようだ。

ということは中学と同じように高校生活もなかなかに騒がしくなるかもしれないな……と思いつつも、この三度目の夏に見知った顔と出会えたことに少しばかり安心する。

やはり周りにだれも知り合いがいないというのは、不安なものだ。

しばらく、佐伯《さえき》さんと他愛もない話をしながら通学路を進んでいく。

夏の強い日差しが半袖から出た肌に降り注いで、濃い影を地面に落としている。

周囲の木からこれでもかというくらいに響いてくるセミの声がうるさいくらいだ。

「でさ、その時、世界史の鈴木先生のカツラが風で吹っ飛んでいってさー。みんな大笑いだったよね。あははっ」

佐伯《さえき》さんは中学の頃と変わらず、明るく元気でコミュ力の高いキャラだった。

歩いている間中、次々と面白い話題を振ってきてくれて、話が途切れることがない。

さすがは生粋の陽キャだ。

その天然のコミュ力に感心しながら歩みを進めていると、途中でふと周囲から視線を感じた。

「？」

振り返って視線の元を追ってみると、そこにはこっちを見ながら何やらひそひそと話をしている女子生徒たちの姿があった。

「……やっぱり……かっこいい……よね……」

「……うんうん……朝から見られるなんてラッキー……」

「……彼女……いるのかなあ……」

「……いっしょに歩いてる人……そうだったり……？　あ、こっち見てる……！」

俺が見ていることに気づくと、女子たちはきゃっきゃっと声を上げて走り去っていってしまった。

「あいかわらず人気ですなぁ」

佐伯《さえき》さんがにやにやとしながらそんなことを言ってくる。

「いや、それは……」

「謙遜しなさんなって。昨日も隣のクラスの女子に告白されてたし、一昨日は二年生の先輩から誘われてたし、その前は他校の女子から手紙もらってたもんね。あー、イケメンくんは忙しい忙しい」

「そうなのか……？」

俺の言葉に、佐伯《さえき》さんが「はあ？」って顔になる。

「そうなのかって、なんでそんな他人事《ひとごと》？　藤ヶ谷《ふじがや》が相手してたでしょ？」

「あ、いや」

返答に詰まる。

自分のことはいえ、タイムリープ以前の出来事は把握できていないのでどうしようもない。

どう答えようか困っていると、佐伯《さえき》さんは何か勝手に勘違いしたのか、少し意地が悪い顔になってさらにこんなことを言った。

「ま、でもそれもそっか。イケメンくんは毎日こんなハーレムイベントばっかだもんね。彼女候補が多すぎていちいち覚えてられないかー」

「そんなんじゃ。だいたい俺には……」

そう言いかけて。

そこで言葉が止まった。

いや今の佐伯《さえき》さんのリアクションはおかしい。

だって佐伯さんは安芸宮と俺が付き合ったことを知っている。

というか、当時のクラスメイト全員の前で告白をしてしまったのだから、知っているなんてレベルの話じゃない。

それなのに……この反応はどういうことなのか。

そもそも違和感はあった。

この三度目の夏に戻ってきてから朱里《あかり》や佐伯《さえき》さんとあれだけ会話をしたのにもかかわらず、今ここに至るまで安芸宮《あきみや》のことが一度も話題に出てきていない。

仮にも、安芸宮《あきみや》と俺は付き合っているはずなのに。

いくら何でもこれはヘンだ。

さすがに抑えきれずに、思い切って俺は佐伯《さえき》さんに尋ねてみた。

「……あのさ、ちょっと訊《き》きたいことがあるんだけど」

「ん、なに？　スリーサイズ？」

「違う……」

「えー、恥ずかしいけど、別に藤ヶ谷《ふじがや》にならなら教えてあげてもいいよ？」

いいのか。

「って、そうじゃなくて、その……」

「？」

そこで俺はツバを飲みこみながら佐伯《さえき》さんの顔を見ると。

「なあ、安芸宮《あきみや》はどうしてるんだ？」

「え？」

と、それを聞いた佐伯《さえき》さんの表情が途端に固まった。

何かを考えるような素振りを見せた後、探るような少しだけ気まずそうな声になる。

「えっと……それ、蒸し返しちゃう？」

「え？」

「や、その、私はいいんだけど……あんまり藤ヶ谷《ふじがや》的には触れたくないことかと思ってたからさ」

「触れたくない……？」

その物言いに何となくイヤな予感を覚える。

俺が安芸宮《あきみや》のことを……？

そしてその予感通り、次に佐伯《さえき》さんの口から出てきたのは、およそ俺が聞きたくない言葉だった。

「あー、だってさ……藤ヶ谷《ふじがや》たち、中学卒業する前の夏に別れちゃったじゃん」

「……！」

「理由は聞いてないけど、もうそういう関係じゃなくなったって。で、その後に安芸宮《あきみや》さんは引っ越しちゃったし、藤ヶ谷《ふじがや》の落ちこみっぷりとかもうすごかったから、藤ヶ谷《ふじがや》としては忘れたい話題かと思ったんだけど……」

「…………」

……別れた？

……安芸宮《あきみや》と、俺が？

何を言われているのかわからなかった。

単語では理解できても頭が追いついていかない。

佐伯《さえき》さんのその言葉に、思考が完全に停止する。

……ある程度は予想していなかったと言えばウソになるかもしれない。

変えたはずの未来に安芸宮《あきみや》がおらず、美羽《みう》と恋人同士になっていたことから、その可能性は心のどこかで覚悟していた。

だけど実際にそれを事実として突きつけられると……なお頭をハンマーで殴られたようなショックを受けた。

「ええと……大丈夫、藤ヶ谷《ふじがや》？」

「え、あ……」

「ほらー、だからこの話はヤだったんだって。話題変えよ、話題！　そうだ、ゴリラの血液型はみんなB型っていう話とかどう？」

明るい声であからさまに話題を変えてきてくれる。

その声音から、俺のことを気遣ってくれているのはよくわかった。

「……」

だけど俺の頭の中は……今聞いたばかりの事実が衝撃的すぎて、それどころではなかった。

3

収まらない混乱状態が続いたまま、教室にたどり着いた。

横では佐伯《さえき》さんがずっと途切れることなくゴリラの話をしてくれていたみたいだったけれど、正直まったく覚えていない。

――俺は安芸宮《あきみや》と別れていた。

理由は不明だが、中学を卒業する年の夏にそうなり、それからその状況は変わっていないのだという。

しかも安芸宮《あきみや》はその後に引っ越しをしてしまい……現在の消息はわからないままだとのことであって……

「……」

……いったいどういうことなんだ……？

何がなんだかわからない。

机に突っ伏したまま、心の中で同じ言葉を繰り返す。

どうしてそんなことになっているのか。

過去を変えたはずなのに、これでは結末だけ見れば一度目とほとんど変わらない。

いやむしろ安芸宮《あきみや》の本音と向き合った上で、自分の想《おも》いを伝えた上で、それでもなお彼女が離れていってしまったのなら……その分だけ悪いかもしれない。

俺のやったことはムダだったのか……？

努力して自分を変えたことも、周囲と良好な関係を築いたことも、安芸宮《あきみや》に告白をしたことも、全部……？


頭の中が、疑問と、窓の外から響いてくるセミの鳴き声で覆いつくされていく。

さっきから汗が全身から噴き出して止まらない。

教室の中はエアコンが効いていて涼しいはずなのに、頭の芯がやたらと熱い。

視界がぼんやりと定まらない。

その時だった。


「おいっす、フジっち♪」


「……？」

そんな明るい声とともに背中を叩《たた》かれた。

顔を上げてみるとそこにいたのは……

「どしたの、どしたの、なんか元気ない感じじゃん。お腹空《なかす》いちゃったとか？」

「美羽《みう》……」

明るい笑顔でこっちを見ている……美羽《みう》だった。

二度目の夏で仲良くなった陽キャギャルで、そして未来では恋人になっていて、いっしょに暮らしていた相手。

二年前と比べて見違えるほど大人っぽくなっていたものの、未来での二十五歳の姿を見ているため、そこまで驚きは感じない。

ここにいるということは……美羽《みう》もこの桐原高校《きりはらこうこう》に通っていて、同じクラスということなのだろうか。

「あー、藤ヶ谷《ふじがや》、今、ダウナー気味でさ……」

隣の佐伯《さえき》さんが困ったような顔でそう口にする。

「え、そなの？」

「うん、まあ、来るまでにちょっとあって……」

「そっかー。んじゃあたしが元気出るようにしてあげよっか？」

「え？」

佐伯《さえき》さんの言葉に、美羽《みう》がにやりと笑いながらそう口にする。

「あたし、うまいんだよ。男子を元気にさせるの♪」

意味深にそう言って、美羽《みう》は俺の後ろへと回った。

そしてどうしてかシャツのボタンを外すとそのままぴったりと身体《からだ》を寄せてきて……え、いや、何をするつもり……

思わず立ち上がりかけた俺に。

モミモミ……

俺の硬くなった部分を揉《も》み始めた。……いや肩なんだけど。

強すぎもせず弱すぎもしない絶妙な力加減。

「どう、気持ちいいっしょ？」

「え、ああ……」

「あたし、マッサージ得意なんだよね。ふふ～、お客さん、凝ってますね～」

美羽《みう》が笑う度に、彼女の甘い香りがふわりと辺りに漂う。

男子を元気にさせるって、こういう意味か……

確かに気持ちいいし、元気になるかもしれない。

ただ、その、後ろから密着してマッサージしてくれていることから、手だけじゃなく他の少しばかり柔らかいものも当たったりしていて……

「あ、藤ヶ谷《ふじがや》がなんかエロい顔してる」

「！　し、してない！」

「えー、そう？　テレビで急にベッドシーンが始まった時のうちの弟みたいな顔だったけど」

鋭いな。

というか別にこれくらいのスキンシップは二十五歳の頃はいくらでもあったはずなのに、妙にドキドキと気になってしまうのは、今の十六歳というガワに引きずられているのだろうか。

うーん……

そんなことを考えながら、しばしの間、美羽《みう》のマッサージを堪能《たんのう》する。

「――ん、こんなもんかな～。ほい、終わり」

「あ、サンキュ……」

「どうだった、あたしのマッサージ？　マジで気持ちよくなかった？」

「あ、うん、すごくよかった」

「でしょでしょ？　えへへ～、ダイスケにも好評なんだよね」

「ダイスケ？」

初めて聞く名前だ。

高校でできた男友だち……とかだろうか。

俺の反応に、美羽《みう》がにやりと笑う。

「お、気になる気になる？」

「いやそれは……」

気にならないと言えばウソになるけれど……

言い淀《よど》んでいる俺に、なぜか美羽《みう》はうれしそうな顔になって。

「なーんてね、従姉妹《いとこ》の家で飼ってるワンコだよ。マルチーズの男の子で、背中とかお腹《なか》とか肉球とかを揉《も》んであげるとちょー喜ぶんだよね」

「マルチーズ……？」

「そうそう。あ、ちょっとフジっちに似てるかも」

「……」

それって褒められてるのか……？

「ほめてるほめてる。かわいいってことだから。花マルつけてあげてもいいくらいほめてるってば。マルチーズだけに。あははっ」

「……」

すごく微妙なギャグだった。

というかほとんど親父《おやじ》ギャグの域じゃないか……？

そういえば美羽《みう》は、服装や髪型やメイクなどのセンスもよく、読者モデルをやっているくらいのリア充陽キャギャルなのに、こういった方面は少し、いやかなり残念なんだったっけ……

「……ふ、ははっ」

思わず笑いがこぼれてしまう。

何だか懐《なつ》かしい心地だった。

いや微妙なレベルの親父《おやじ》ギャグにそんな感傷を抱くのは正直どうかと思うのだけれど……

だけどそれは救いだった。

状況は何もかも変わってしまった。

通う高校は変わっていて、安芸宮《あきみや》とは別れてしまっていた上にその消息は不明で、これから先もどうなるかわからない。

ほとんど絶望的な状況だ。

そんな中で、彼女だけは変わらない。

太陽みたいなまぶしい笑みで、ストレートな感情を向けてきてくれる。

そのどこまでも陽の気があふれる明るい空気に、暗く沈んだ気分が少しだけ上向いたような気がした。

「？　なんで笑ってんの？　あたし、なんかヘンなこと言ったっけ？」

「いや、美羽《みう》は美羽《みう》なんだなって思って」

「？　なにそれ。意味わかんないんだけど」

「や、わからなくて大丈夫だから」

「……？」

俺の言葉に、美羽《みう》は怪訝《けげん》そうな表情を浮かべる。

だけどすぐに元の明るい表情に戻って。

「ま、なんかよくわかんないけど元気になったならいいや。あ、それじゃまた後でね、フジっち。ホームルーム始まっちゃうから」

そうひらひらと手を振って、美羽《みう》は自分の席へと戻っていった。

「んじゃ、ご飯食べに行こっか？」

「え？」

昼休み。

教師が教室から出て行くなり、俺の机までやってきた美羽《みう》がそんなことを言った。

「え、じゃないっしょ。ご飯だよ、ご飯」

「ええと……？」

「え、なんでそんなぽかんとしてるの？　昼ご飯はいつもフジっちとチヒロっちとあたしで食べるって決めてたじゃん」

そうなのか？

いやタイムリープ以前のことはわからないんだよ……

「あー、なんか今日の藤ヶ谷《ふじがや》、ちょっと記憶喪失みたいだから」

佐伯《さえき》さんがフォローだか何だかわからない突っこみを入れてきてくれる。

「記憶喪失？　なにそれ？」

「いやそれは……」

まあながち間違ってもいないのだけれど。

「ま、それならそれで別にいいっしょ。記憶喪失でもなんでもフジっちはフジっちだし。んじや行くよー！」

元気よくそう声を上げた美羽《みう》に手を引っ張られて、三人で屋上へと向かう。


途中で廊下を通り抜ける際に、何人かの生徒たちとすれ違った。

「あ、藤ヶ谷《ふじがや》くんだ。わー、今日もイケメン……」

「いっしょにいる人たち、いいなー」

「でも茅ヶ崎《ちがさき》さんじゃしょうがないっていうか……」

「うんうん、モデルやってて、こないだも雑誌の表紙だったもんね」

「スタイルいいし、かわいいな……」

「すっごいお似合いだよね……！」

聞こえてきたのはそんな声。

「はー、藤ヶ谷《ふじがや》も美羽《みう》もあいかわらず人気者だよねー。一般人は辛《つら》いわー」

それを横で聞いていた佐伯《さえき》さんがわざとらしくため息を吐《つ》く。

そうは言うものの、実は佐伯《さえき》さんも佐伯《さえき》さんでさっきから周りからの注目にさらされていた。

主に男子たちからの羨望《せんぼう》の視線。

美羽《みう》が目立ちすぎるだけで、普通に見れば佐伯《さえき》さんも十分に騒がれるようなレベルなのだ。

それには美羽《みう》も同意なのか。

「なに言ってんの？　チヒロっちだってぜんぜん大人気じゃん。クラスにもチヒロっちのこといいって言ってる男子いっぱいいるし、こないだもモデル仲間にチヒロっちのこと紹介してって言われたんだから。チヒロっちがそういうのはいいって言うから断ったけど」

「えー、だって、あんまりよく知らない人は苦手っていうか……」

ちらりと俺の顔を見ながらそんなことを言う。

少し意外な返答だった。

初対面の宇宙人とでも平気で喋《しゃべ》れそうなくらいにコミュ力が高いのに、案外そういうことを気にするタイプなのか、佐伯《さえき》さん。うーん、意外だ。


そんなことを話しているうちに、屋上へと到着した。

「お～、いい天気。絶好のランチ日和《びより》じゃん！　さ、食べよ食べよ」

そう言ってフェンス前の段差に走っていった美羽《みう》に、佐伯《さえき》さんと俺も続く。

屋上には他に生徒の姿はなかった。

桐原高校《きりはらこうこう》では屋上は基本的に開放されているものの、この暑さの中で外で食べようと考える物好きは俺たち以外にいなかったようだ。

ただ、ここで一つ問題があった。

「あのさ、俺、何も買ってないんだけど……」

もともと弁当派ではないし、購買などに寄らずに一直線にここまで来てしまったため見事に手ぶらだ。

すると美羽《みう》が何言ってんのって顔で瞬《まばた》きをした。

「そんな見ればわかるって。ていうか今日はそれでいいって言ったじゃん」

「え？」

「や、藤ヶ谷《ふじがや》が私たちのお弁当をお腹《なか》を空《す》かせたワンコみたいな目で見てたから、天使みたいにやさしい私たちが藤ヶ谷《ふじがや》の分も作ってきてあげようって、昨日そういう話になったでしょ？」

佐伯《さえき》さんもそう付け加えてくる。

「そう、なのか？」

「もうフジっち、マジ記憶喪失だし」

美羽《みう》がおかしそうに笑う。

「ま、いいや。というわけで……じゃーん、これがあたしのお弁当！　ちゃんと手作りしてきたからね」

そう楽しげに美羽《みう》が広げてきたオシャレな弁当箱。

そこにはエビがたっぷり入ったエビピラフを中心に、ポークジンジャーやクリームコロッケなどがきれいに盛り付けられていた。

「おお……」

ものすごくおいしそうだ。

というか美羽《みう》がこんなに料理ができたというのは知らなかった。

「むー、さすが美羽《みう》。でも私も負けてないからねー」

と、今度は佐伯《さえき》さんがかわいらしい弁当箱を広げる。

一口サイズのおにぎり、卵焼き、魚の塩焼き……美羽《みう》のものとは対照的な和食中心のラインナップで、こっちも見ているだけで非常に食欲をそそる。そういえば二度目の夏でも佐伯《さえき》さんのお弁当はクラスで大人気だったことを思い出した。

「さ、食べて食べて。ほら、あ～ん」

「え？」

と、美羽《みう》がポークジンジャーを差し出しながらそんなことを言ってきた。

「や、だからあ～んだって。前もやったんだから、今さら照れるようなとこでもないっしょ」

「いやそれは」

「へー、美羽《みう》と藤ヶ谷《ふじがや》、私の知らないとこでそんなことしてたんだ」

「！」

「ま、私も。あーん♪」

佐伯《さえき》さんまでにこにこ笑顔で卵焼きを差し出してくる。

とりあえず逃げ道はなさそうだった。

「わ、わかったよ。それじゃあまずは美羽《みう》の方から……」

覚悟を決めて、差し出されたポークジンジャーを口で受け取る。

「どうどう？」

「うまい……」

「え、マジで？」

「ああ、すごいな」

お世辞でも何でもなく、それは俺の本心だった。

チキンライスはパラパラで、ポークジンジャーはよく味が染《し》みていて、クリームコロッケは中に入っているトウモロコシがいいアクセントになっている。

贔屓目《ひいきめ》を抜きにしても、絶品と言っていいものだった。

その感想に美羽《みう》の表情がぱあっと輝く。

「やったね！　実はこれ、初めて作ったお弁当なんだ。うまくできるかちょい不安だったけど、早起きしてコックパッド見ながらやったら意外とうまくできたし。あたしって天才？　なんつって。あはは」

これで初めてなのか。

さすがは美羽《みう》というか、色々器用なんだな……

「はいはーい、じゃあ次は私の！」

「あ、うん、いただきます」

うなずき返して、今度は佐伯《さえき》さんの卵焼きを口にする。

「こっちもおいしい……」

「お、ほんと？」

「ああ、好きな味付けだ」

甘めに味付けがされたそれは味に深みがあって、中学の時に食べたものよりもさらにおいしくなっているようだった。

それだけじゃなくて、他のおかずも色々と手が込んだ作りになっていて、食べていて楽しい。

「へへー、そう言ってもらえると佐伯《さえき》さんもがんばった甲斐《かい》があるってもんですよ」

本当にうれしそうに佐伯《さえき》さんも笑みを浮かべる。

「というわけで、ほらほら、まだたくさんあるんだからじゃんじゃん食べてよ。あーん♪」

「そだね、二人分だし。あ〜ん♪」

両サイドから供給される「あーん♪」と「あ〜ん♪」

何だか親鳥がたくさんいる雛鳥《ひなどり》になった気分だ……

とはいえ二人がわざわざ手作りをしてくれたお弁当は……本当にとてもおいしかった。

4

放課後になった。

ホームルームが終わった途端、再び美羽《みう》がダッシュで俺の机までやってきた。

「フジっち、行こ！」

「？ どこに？」

「も〜、まだ記憶喪失？ そろそろそのネタはいいって。美術室に決まってるじゃん」

「美術室……？」

首を傾ける俺をよそに、美羽《みう》は俺の手を引っ張ると、「じゃあまた明日ね、チヒロっち♪」と佐伯《さえき》さんに手を振って、そのまま教室を出てずんずんと歩いていく。

何だか散歩で大型犬に引っ張られる飼い主の気分だ。

美羽《みう》が何を言っているのかはわからなかったものの、美術室の場所を知らない俺はとりあえずついていくしかなかった。

やがて目的地である美術室に到着する。

美術室は四階の奥まった場所にあって、グラウンドから聞こえてくる運動部の喧噪《けんそう》がどこか遠くに聞こえる。

「失礼しま～す」

そう口にして、慣れた手つきで美羽《みう》が扉の鍵を開ける。

「って言っても、あたしたち以外だれもいないんだけどね」

確かにその言葉通り、たくさんの石膏《せっこう》像やイーゼルなどが置かれた美術室には、他の生徒の姿は見当たらなかった。

「ふふ～、なんていってもフジっちとあたし、二人だけの美術部だもんね。チヒロっちも誘ってみたけど、テニス部は兼部禁止だっていうから、ま、しょうがないよね」

「……」

「フジっち？」

「美術部……？」

その言葉に、一瞬、息が止まる。

俺は美術部に入っていたのか。

一度目の時には望みながらも、高校に進学する頃には絵が描けなくなってしまっていたため、諦めざるを得なかった選択肢。

目を逸《そ》らし続けていた、望む未来の一つの在り様。

その失われてしまったはずの可能性を……三度目のこの夏では選び取ることができていた。

そのことにどうしようもないうれしさを覚える。

「も〜、またなんかフリーズしてる。ほら、準備しよっか。ていってもあたしはいつでもオッケーだから、フジっちのゴー待ちだけど」

「準備……？」

「だって色々あるっしょ。絵の具とかパレットとか筆とか。それにそ、そ、そもそも肝心のもの、が、あっ、い、いちに置きっぱなしだ、だし」

そう言って、美羽《みう》が部屋の隅を指し示す。

そこには布がかけられた一台のイーゼルが、何かを待っているかのように静かに置かれていた。

「あ……」

湧き上がる予感とともに、近づいて布を取る。

その下から出てきたのは……考えていた通りのもの。

一枚の——描きかけの絵だった。

背景はこの美術室だろうか。キャンバスの中央で、明るい表情を浮かべた美羽《みう》が楽しげに笑っている。

初めて見る絵だったけれど、タッチから、自分が描いたものだとすぐにわかった。

「へへ～、だいぶ進んできたよね。なんていうか、絵！　って感じになってきた」

「……」

「これなら夏休みまでには下描きは終わりそうじゃん。いいペースいいペース。今日もがんばって進めちゃお」

「……」

「フジっち？」

「え、あ、ああ……」

うなずき返して、準備を始める。

慣れ親しんだ工程。

初めて訪れる美術室のはずなのに、不思議とどこに何が置かれているかなどに迷うことがなかった。

やがて道具がそろい、窓際《まどぎわ》にあるイスに座った美羽《みう》の姿を描き始める。

美羽《みう》は絵のモデルをやることに慣れているようだった。

良《い》いタイミングで良《い》い具合に目線をくれて、さらにはこっちの指示に合わせて最適のポーズをとってくれる。

その慣れ方と、絵の進み具合から見て、だいぶ前からモデルになってくれていたのだろうか。

「どう、この角度でだいじょぶ？」

「ん、平気だ」

「おけ。リクエストがあったらいつでも言ってね」

美羽《みう》の声にうなずき返しつつ、丁寧に筆を動かしながら思う。

俺は絵を描き続けていた。

夢を追い続けることができていた。

安芸宮と別れて望む未来が失われてしまった後も。

「……」

そういえば安芸宮《あきみや》に描いたあの絵はどうなったのだろう。別れた今でも安芸宮《あきみや》はまだ持っていてくれるのだろうか……と、何となくそんなことを思った。


「は〜、今日もいっぱい描いたし」

美羽《みう》が大きく伸びをする。

美術室を出る頃には、辺りはすっかり暗くなってしまっていた。

太陽は完全に沈んでいて、代わりに夜の帳《とばり》が周囲を包んでいる。

「もう真っ暗だねー。この時間になるとだいぶ涼しいから助かるっていうか」

「だな。でもセミはまだ鳴いてる」

「ほんとだ。あはは、マジ元気だし」

生徒の少なくなった通学路を、美羽《みう》と並んで歩いていく。

辺りには、夏の夜の独特の匂いのようなものが立ちこめていた。

周囲の街路樹からは、今言ったようにセミたちの鳴き声が、休むことを知らないかのように絶え間なく響き続けている。

夏の夜の風景だけはいつの時代も変わらないのだと、そんな少しだけ感傷的なことを思った。

「でもさ、絵、だいぶいい感じになってきたんじゃない？」

「ああ、美羽《みう》のおかげだ」

「へへ～、やっぱモデルがいいから？　あたしのかわいさにフジっちも沼ってたり？」

両手を後ろで組んでこっちを見上げながら少しからかうように美羽《みう》がそう言ってくる。

「ん、それはそうだと思う」

「え？」

「美羽《みう》が魅力的だから、それが反映されていい絵になってきているんだと思う。感謝してる。ありがとな」

「……」

「美羽《みう》？」

「……きゅ、急にそんなドキドキさせるようなこと言うの、反則だし……」

見ると美羽《みう》は顔を耳まで真っ赤にさせていた。

唇をとがらせながらぷいと横を向いてしまう。

そこから美羽《みう》は言葉少なになってしまった。

どちらも何となく喋《しゃべ》らないまま、二人で歩いていく。

とはいえ無言でもそれほど気まずくはないのは……美羽《みう》との関係がそれだけ気の置けないものなのだからだと思う。

やがて分かれ道にさしかかる。

見通しのよい十字路。

「それじゃあ美羽《みう》、また明日」

美羽《みう》の家の場所からすれば、この辺で別れるはずだった。

だったのだけれど……

「……」

今日は違った。

これまでなら手を振りながら笑顔で走り去っていくはずの美羽《みう》が、どうしてか立ち止まったままだった。

「美羽《みう》？」

何か用でもあるのだろうか。

　尋ねた俺に、美羽《みう》は少しの間「あー、え、ええと……」とか「う～、だから……」とかもごもごと口にしながらちらちらとこっちを見ていたけれど、やがて何かを思いきったかのように声を上げた。

「ねえ、フジっち！」

「？」

「あのさ……」

　そこで真《ま》っ直《す》ぐに俺の顔を見ると。

「あたしまだ……フジっちのこと、諦めてないからね」

「え……」

　はっきりと意思のこもった口調で、そう口にした。

「や、その、なんとなく言いたい気分だったっていうか、そういう空気だったっていうか……。前に……中学の時にあたしがフジっちに言ったこと、忘れてないかなって。あたしはフジっちのことが好きで……それは、その、ただの友だちとしてって意味だけじゃなくて、もっと別の意味もあって……」

「……」

「ほら、なんか最近仲はいいけど、フジっち、もうあのことはぜんぜん気にしてないんじゃないかっていうのが気になったっていうか……ん、んー、うまく言えないんだけど……」

胸の前で指をいじりながらもどかしそうに口にする。

だけどやがて何か吹っ切ったのか。

「……あー、もう、いいや！　まだるっこしいのはあたしらしくない！　──あのね、つまりあたしは……まだフジっちのことが男子として好きだってこと！　ていうかめっちゃ好き！」

「美羽《みう》……」

「中学の時に言ったっしょ、初恋だって！　初恋は砂糖みたいに甘くて、蜂蜜みたいに喉に残るものなんだもん！　だ、だから、首を洗って待ってなよってこと！　油断してたらあっという間にあたしの魅力で喉元にがぶって食いついちゃうから。そ、それだけ！　じゃあまた明日！」

早口でそう言って、美羽《みう》は逃げるように走り去っていった。

「あ……」

後には明滅を繰り返す切れかけた街灯と、何かを笑うかのようなセミの鳴き声がただ響いているのだった。

――その日の夜。

ベッドの上で寝そべりながら、俺は今回のタイムリープについて考えていた。

「……」

今日一日で、だいたい状況はつかめた。

今はあの二度目の夏から二年が経《た》っていて、俺は高校一年生になっている。

一度目とは異なり、美羽《みう》や佐伯《さえき》さんと同じ高校に通っていて、昼休みにはいっしょにご飯を食べているようだ。

そして……安芸宮《あきみや》と俺は、別れていた。

中学卒業の夏に何かがあって、その結果そうなったのだという。

どうしてそんなことになったのか、いくら考えてもわからない。

俺には安芸宮《あきみや》と別れるつもりなんて欠片《かけら》もなかったはずだし、今だってそうだ。

それなのに……

「……」

加えて、その後、安芸宮《あきみや》は引っ越してしまい今は行方がわからないらしい。

引っ越し先の住所も、連絡先も、何もかも。

正直、頭を抱えたくなるような状況だ。

だけどそんな中で少しだけ明るい要素となることが……一つだけあった。

俺は高校で美術部に入っていた。

たった二人だけの美術部だけれど確かに活動していて、そして今は美羽《みう》の絵を描いている。

どうしてそういう経緯になったのかはわからないものの……絵から離れていなかったという事実がわかっただけでもそれは救いだった。

そして……美羽《みう》。

陽キャのギャルで、未来で同棲《どうせい》をしていた相手。

彼女は……今もまだ、二度目の夏に告白をしてくれた時と同じ気持ちでいるのだという。

「……」

その気持ちはうれしかった。

美羽《みう》は明るくて真《ま》っ直《す》ぐないい子だし、いっしょにいると楽しい。

きっと彼女の気持ちに応えれば、何の不満もない、ある意味で理想的な未来を送ることができるのだろう。

あの二度目の未来でそうであったように。

そのことは頭ではよくわかっている。

だけど。

それだけど、俺にはまだ……

「……」

ベッドの上で寝返りを打つ。

古びたベッドがギシリと音を立てる。

窓の外では、この時間になってもまだセミの鳴き声が止《や》むことを知らずに響き渡っていたのだった。

5

三度目の夏を過ごすことになってから、何日かが過ぎた。

新しい高校生活は快適だった。

桐原高校《きりはらこうこう》自体、以前俺が通っていた学校よりも遥《はる》かに自由で大らかな校風だったし、初めて通う場所であるものの、美羽《みう》と佐伯《さえき》さんがいてくれることからそこまでアウェー感がないのが大きかった。

「おはよう、フジっち。今日も放課後は美術室でいいんだよね？」

「ねえねえ、今日は私が英語、当たりそうなんだよー。助けてー」

二人ともヒマがあれば喋《しゃべ》りかけてきてくれたし。

「なあなあ、そのアクセ、どこで買ったん？　よくね？」

「昨日言ってたマンガの続き、持ってきたぞ。藤ヶ谷《ふじがや》、好きだって言ってただろ？」

「次の体育、サッカーだろ？　おんなじチームでやろうぜ！」

他のクラスメイトたちとも、一度目の人生で培《つちか》ってきたコミュニケーション技術を使って、二度目の時と同じようにうまくやることができている。

美術部での活動も毎日順調に続いていたし、美羽《みう》の絵も少しずつだが完成に近づいていっていた。

一度目の夏とは違う、青春に満ちあふれた日々。

——ただ一つ、安芸宮がそこにいないことを除けば。


「……」

ふと……思ってしまう。

もしかしたら、このまま何も考えずに今の状況に委ねてしまった方が幸せなのではないだろうか。

この三度目の夏を受け入れてしまえば、きっと美羽《みう》と付き合うことになり、いずれはいっしょに暮らすことになるのだろう。そしてもしかしたらその先も……

青春を取り戻して、大切な相手もできて、絵を描くこともできている。そんな一度目の時に思い描いた理想の未来が手に入るに違いない。

もう一つの未来を手放してしまえば。

そう、安芸宮を諦めさえしてしまえば。

正直、八方塞がりだった。

安芸宮《あきみや》は引っ越してしまい、その行方すらもわからない。

あれから安芸宮《あきみや》を探すことを止《や》めたわけじゃない。

だけど連絡先も、新しい学校も、彼女が何を考えていたのかも、何もかも。

中学に問い合わせてもみたが、プライバシーがあるということで、当然ながら教えてもらえなかった。

もはや安芸宮《あきみや》と俺とをつなぐ糸は、切れてしまったと言ってもいいかもしれない。

普通に考えれば、引き時だ。

いいかげん、どうにもならない想《おも》いを断ち切って新しい可能性に目を向けてもいい時だとも思う。

だけどどうしても……それができなかった。

「安芸宮《あきみや》……」

記憶の中の彼女の姿が、向日葵《ひまわり》のような笑顔が、頭の奥底に住み着いてしまって離れない。

まるで夏が見せている陽炎《かげろう》のように。

だからかもしれない。

こうして昼休みに、美羽《みう》と佐伯《さえき》さんとご飯を食べた後に、何かを求めるかのように高校の敷地《しきち》内をフラフラとしてしまうのは。

いつかの中学時代の昼休みに、行き場がなかった俺が校舎裏でたまたま安芸宮《あきみや》と出会えたように、あてもなく適当に歩いていたらその先でふと安芸宮《あきみや》がそこで笑っていないかと……心のどこかで期待してしまっているのかもしれない。

「そんなこと、あり得ないのにな……」

ため息を吐《つ》きながら力なく首を振る。

そろそろ昼休みも終わる時間だ。

足を止めて、教室へと戻ろうとする。

その時だった。

「……？」

ふと目の前に、その景色が飛びこんできた。

それはかつてどこかで見たような景色。

視界一面を覆いつくすかのような、圧倒的な黄色の洪水。

まるで世界から黄以外の色が消えてしまったかのような錯覚に一瞬襲われる。

「あれは……」

視線の先にあったのは……風を受けて波立ちながらどこまでも広がる、向日葵畑《ひまわりばたけ》だった。

「この学校にこんなところがあったのか……」

知らなかった。

タイムリープしてからこれまでこうして校舎の色々なところに足を運んでみたけれど、初めて見る場所だ。

いや、もしかしたら無意識のうちに、この場所を訪れることを避けていたのかもしれない。

だって向日葵《ひまわり》は……どうしても安芸宮《あきみや》のことを思い出させる。

あの抜けるような夏の青空の下で、太陽の光を受けてさらに黄色が映えた花束を抱えて、どこかさみしげな笑みを浮かべていた彼女のことを。

「……」

小さな胸の痛みを覚えながら、向日葵《ひまわり》へと近づく。

俺の胸の高さほどの向日葵《ひまわり》は、少しだけ花の部分が地面に向かって垂れていて、まるでこっちに向かってお辞儀をしているみたいだった。

何となくその花びらに触れてみようとして。

「向日葵《ひまわり》、好きなの？」

「！」

ふいに声をかけられた。

少しだけソプラノで、耳の奥に自然と滑りこんでくるかのような透き通った声。

こんなところに人がいるとは思わなかったこともそうだけれど、それ以上に驚かされたことがあった。

俺はその声を、聞いたことがあった。

この声の持ち主と……かつて毎日のように言葉を交わしていたことがあった。

とある予感とともに振り返る。

するとそこにいたのは……

「先輩……？」

頭に思い描いていた通りの人物。

少しだけ首を傾けながらこちらに向かって静かな視線を送る……眼鏡をかけた小柄な女子生徒だった。

幕間①

向日葵と、先輩と

❀❀

先輩と僕が初めて出会ったのは、高校に入って二ヶ月ほどが経《た》った頃のことだった。

昼休みに教室にいるのがイヤで、適当な避難場所を探していた時だったと思う。

適当に入った高校の、教室や校舎のやかましい喧噪《けんそう》から逃れるようにしてフラフラとしていたところ、ふと迷いこんだのだ。

敷地《しきち》の外れにある、花壇があったと思われる一角。

その場所に咲いていた……かつての中学校と同じように目を引く鮮やかな向日葵《ひまわり》の群生に思わず足を止めてしまった時に、声をかけられた。

「向日葵《ひまわり》、好きなの？」

「……」

最初は、無視するつもりだった。

高校生活では、だれかと関わりを持つつもりはなかったから。

関わりを持ったところで、どうせ裏切られる。

想《おも》いを、踏みにじられる。

安芸宮《あきみや》との一件以来……世の中の何もかもがどうしようもなくくだらなく見えていた。

「……嫌いです。大嫌い、だ」

なのに思わずそんな言葉が出てしまったのは、心の内の憤《いきどお》りを抑えきれなかったからなのかもしれない。

「そう」

返ってきたのは、特に興味もないようなそんな声音。

「でもじゃあ……どうしてそんなに取り憑《つ》かれたように見つめているの？」

「それ、は……」

返事に窮する。

口ではそう言っても向日葵《ひまわり》に目を奪われていることが、まだ安芸宮《あきみや》への気持ちが心のどこかに残っているのを認めることが、たまらなくイヤだった。

「……あんたには、関係ないでしょう」

吐き捨てるようにそう答えてしまったのは、内心を見透かされたような言動に苛立《いらだ》ったのもあったけれど……この女子生徒が、顔や物言いが似ているわけではないのに、どこか雰囲気が安芸宮《あきみや》に似ていたというのもあったのかもしれない。

そんな俺の返答に、女子生徒は少しだけ不満げにこう答えた。

「ずいぶんな口の利《き》き方ね。これでも先輩なのだけれど」

「え？」

言われてリボンの色を見る。

胸元できっちりと結ばれたそれは、確かに二年生であることを示す黄色をしていた。

「年上、だったんですね……」

背は低いし、見た目が童顔なので、てっきり同級生か後輩かと思っていた。

「そうよ。別に長幼の序なんて言うわけじゃないけれど、仮にも先輩相手に、その態度はどうかと思うわね」

「それは……」

一瞬だけ言葉に詰まったものの、すぐにこれは自分が悪いと気がついた。

「……すみませんでした」

「よろしい。自分の非を認めてちゃんと謝ることができるのは、立派だと思うわ」

そう言って笑う。

さっきまでのどちらかと言えば無愛想な表情からは想像もつかないようなかわいらしい笑顔だと、素直にそう思った。

「わたしは日輪《ひわ》よ」

「え？」

「天川日輪《あまかわひわ》。二年生」

「えっと、藤ヶ谷《ふじがや》です。一年で……」

「そう、藤ヶ谷《ふじがや》くんね。ええ、よろしく」

そう言って、手を差し出してくる。

少し戸惑ったが、僕はその手を握り返した。

周囲の空気はあいかわらず汗が噴き出すくらい暑かったけれど、先輩の手はどこかひんやりと冷たかった。

——それが日輪《ひわ》先輩と、僕との出会いだった。

日輪先輩

第二話

1

日輪《ひわ》先輩は、一つ年上の二年生の先輩だ。

かつて一度目の夏で知り合って、そのどこか周囲から一歩引いているような雰囲気に共感を覚えて、仲良くなった。

フレームの細い眼鏡と、背中まである艶《つや》やかな長い黒髪が印象に残る。

先輩とは、昼休みや放課後に話をしたり、校舎ですれ違えば挨拶をしたり、タイミングが合えばいっしょに下校したりもした。

それだけじゃなくて、一度だけ、休みの日に二人で遊びに行ったこともある。

他人を、特に女子を信じることができなくなっていた一度目の俺が、唯一心を開いていた相手と言ってもよかった。

一度目の時に、俺の容姿が目を引くものだということを教えてくれて、芸能の道へと進むきっかけを作ってくれたのも彼女だ。

その彼女が……再び俺の前にいる。

一度目の夏と同じ、眼鏡の奥にあるどこか冷めた琥珀《こはく》色の瞳で、こっちをじっと見つめている。

「向日葵《ひまわり》、好きなの？」

　再度問われて、俺は答えた。

「ええ、好きです。見ているとどこか懐《なつ》かしい心地がするので……」

「懐《なつ》かしい……そう、わたしも同じ」

　そう言うと、先輩はそれ以上言葉を続けずに向日葵《ひまわり》の方を向いてしまった。

　校舎からは五時間目の予鈴が聞こえてくる。

　だけど先輩はここから動く気はないようだ。

「……」

　黙ってその隣へと歩み寄る。

　先輩は特に驚いた様子もなく、ちらりとこっちを見ると、静かに口にした。

「もうすぐ授業、始まるわよ」

「いいんです。ちょっとサボりたい気分だったので」

「そう」

　短くそう答えて、先輩は再び向日葵《ひまわり》へと向き直った。

「……」

「……」

　そのまま二人並んで、向日葵《ひまわり》畑の前で立ち尽くす。

辺りは今日もまたやかましく鳴くセミの声と、蒸し暑い夏の空気と、向日葵《ひまわり》の匂いとで包まれている。

空は抜けるような青空で、降り注ぐ太陽の光はひたすらに暑い。

だけど不思議と、悪くない心地だった。

一度目の夏に知り合った後も、こうして特に何もせずに二人でただ向日葵《ひまわり》を見ているだけのことも多くあった。

そのままどれくらいそうしていただろう。

「きみ……名前は？」

視線はいまだ向日葵《ひまわり》に向けたまま、先輩がそう尋ねてきた。

「俺ですか？　俺は藤ヶ谷《ふじがや》です。一年です」

「そう。わたしは日輪《ひわ》よ。天川日輪《あまかわひわ》。二年」

「日輪《ひわ》先輩ですね。わかりました。よろしくお願いします、日輪《ひわ》先輩」

「ええ、よろしく、藤ヶ谷《ふじがや》くん」

簡素な挨拶を交わす。

この三度目の夏でも、先輩と知り合えた瞬間だった。

「あれ、藤ヶ谷《ふじがや》、どこ行ってたの？」

五時間目が終わって教室に戻ると、佐伯《さえき》さんがそう尋ねてきた。

「藤ヶ谷《ふじがや》がサボりとか珍しいよね。適当そうに見えてけっこう真面目なのに」

「ほめられてるのかけなされてるのかまた微妙な……ん、まあちょっと」

「いちおうほめてるよ。ふーん。でもさっきの数学、今度の試験に出る範囲をがっつりやってたけど、大丈夫？」

「え、マジで？」

「マジで」

「悪い、後でノートを写させてくれると……」

「えー、どうしよっかなー。ちゃんと授業に出た者にだけ与えられる貴重な報奨だからなー」

「そこを何とか……」

「んー、じゃあガリガリ君五本でどう？」

「……了解」

なかなかに痛いが仕方がない。

まあ……「今からいっしょに夏の海を見に行くこと！　アイス食べ放題の徒歩で！　もちろん藤ヶ谷《ふじがや》のおごり！」とかのとんでもない対価をふっかけられなかっただけよしとしよう。

と、そこで佐伯《さえき》さんが俺の顔をじーっと見ながら言った。

「藤ヶ谷《ふじがや》、なんかうれしそう」

「え?」

「なんかいいことでもあった? いつもより明るい顔してる。普段はスギゴケみたいにテンションし低めっていうか、ダウナーなことが多いのに」

「スギゴケ……」

それって苔類《こけ》だよな。

いや朱里《あかり》じゃないんだから……

「あはは、ごめんごめん、つい本当のこと言っちゃった」

「そこは冗談だって言うところじゃないのか……」

「ごめんね、私、ウソつけないんだ。ほら、藤ヶ谷《ふじがや》ってみんなでいる時はテンション高く見せてるけど、それ以外では意外と地面を這《は》うくらいの低空飛行だからさ」

「……」

そんなに俺は普段のテンションが低く見られてるのか……

意識したことはなかったが、それは少し問題かもしれない。

「で、それよりどうしたの? ほんといいことあった? スカイフィッシュでも見たとか?」

「いいこと、か」

あったかもしれない。

もちろんスカイフィッシュを見たわけではない。

日輪《ひわ》先輩はある意味で特別だ。

散々だった一度目の人生で、ただ一人まともに関係性を作ることができた相手。

そんな相手とこの三度目の夏でも会えたことに、確かに俺はうれしさを感じているのかもしれない。

「むむむ、なんかメス犬の匂いを感じる……？」

隣では、佐伯《さえき》さんがこっちを見上げながらそんな不穏なことを口にしていた。

2

その日から、日輪《ひわ》先輩に会いに行くのも日課となった。

昼休みや放課後などの、美羽《みう》や佐伯《さえき》さんたちと過ごしている以外の空き時間を利用して、校舎裏にある向日葵《ひまわり》畑へと足を運ぶ。

先輩はいつでも、変わらずにそこにいた。

向日葵《ひまわり》に真《ま》っ直《す》ぐに目を向けながら、独特の空気をまとって静かにたたずんでいた。

「こんにちは、先輩」

「藤ヶ谷くん、また来たの？」

「ええ、迷惑ですか？」

「いいえ、物好きだと思っただけ」

物言いはそっけないながらも、決して俺がこの場にいることを否定しないのも、一度目と変わっていなかった。

「きみはわたしなんかといっしょにいて退屈じゃないの？」

「いいえ、先輩と話をしているのは楽しいですから」

「喋《しゃべ》らない時もあるのに？」

「そういう時は、心で会話をしているつもりです」

「……藤ヶ谷《ふじがや》くん、よく変人だって言われない？」

「どうでしょう。妹にキノコ系男子だって言われたことはありますけど。先輩こそ、昔からこんな感じだったんですか？」

「どうかしらね。でもわたしのこの性格は……そうね、遺伝かもしれないわ。両親が変わった人たちだったから」

話す内容は他愛もない世間話から、今のように家族の話、時には昨日やっていた深夜アニメの話をすることもある。

特に何も喋《しゃべ》らずにただ向日葵《ひまわり》を二人で見ているだけのこともあった。

だけど、それでも不思議と気まずさなどはなかった。

それどころかむしろどこか居心地の良さを感じていた。

いっしょにいてどうしてか懐《なつ》かしいような感覚になるのは、やはり一度目の時に深く関わった相手だからだろうか。


「向日葵《ひまわり》の花言葉って知ってる？」

ある日、先輩にそう尋ねられた。

「え、いえ」

ふいの質問に驚くと同時に、そういえばまだちゃんと知らなかったことに気づいた。

あの時……安芸宮《あきみや》に告白をした時に、本数によって意味が変わることと、三本の意味のみを教えてもらったけれど、それ以外については結局調べず終《じま》いだったのだ。

「向日葵《ひまわり》の花言葉は本数やその色によって変わることは知っているかしら？」

「あ、はい」

「そう。それは淡い恋心や未来への希望を示す時もあれば、時には正反対の不吉な意味を持つこともあるの」

目の前の向日葵《ひまわり》を静かに見上げて、先輩はそう言った。

「不吉な……？」

「ええ。たとえば十六本の場合は不安な愛、十七本の場合は絶望の愛といった具合にね。向日葵《ひまわり》は後悔の象徴だとすら言う人たちもいるわ」

「そんなのが……」

ぜんぜん知らなかった。

数によって意味が変わるとはいっても、それは全て前向きな意味のみだと思っていた。

先輩は続ける。

「まあ……物事には色々な側面があるということよ。向日葵《ひまわり》に限らず、たとえばいつでも明るくて太陽のように見える人が、実は繊細で傷つきやすかったり、逆に無愛想であまり他人に興味がないのかと思われた人が、その内に真《ま》っ直《す》ぐで強い意思と情熱を宿していたり、というみたいにね」

どこか含みのある言葉だった。

「先輩もそうだってことですか？」

「どうかしら。わたしはただの人見知りかもしれないわね」

そう言って小さく微笑《ほほえ》む。

今日の先輩はいつもよりも少しだけ饒舌《じょうぜつ》だった。

だけどそういえば何の前触れもなくふいにこういう謎かけみたいなことをよく言う人だった

など、何となく思い出した。


　こんなこともあった。

ある日もまた校舎裏に来てみると、先輩の姿がない。

「日輪《ひわ》先輩？」

辺りを見回しながら探してみる。

するとどこからか声が聞こえてきた。

「どうしたんだにゃー。元気ないのかにゃー」

「？」

「きみはこの辺の子なのかにゃ？　動かないけど、暑くて疲れちゃった？　熱中症にでもなっちゃったのかにゃ……？」

　これ、先輩の声だよな……？

　声の元を辿《たど》ってみると……そこには中腰になりながら、指先を動かして何かに語りかけている先輩の姿があった。

「何をしてるんですか？」

「！」

俺がいることに気づくと、先輩は弾《はじ》かれたように勢いよく立ち上がった。

ささっとスカートの皺《しわ》を払い、こほんと咳払《せきばら》いをする。

「……別に大したことじゃないわ。ちょっとそこに、その、猫がいて、動かないからどうしたのかと思って」

「ネコ……」

「……そうよ」

「ネコ、好きなんですか？」

「……まあ、嫌いではないわね」

絶対好きだこの人。

「……わ、悪い？　小さな生き物を慈《いつく》しもうと思うのは、自然なことでしょう。人間として当然の感情よ」

「いえ、それは悪くないですが……」

「……そうでしょう？」

「でもそれ、ビニール袋ですよ？」

「……え？」

先輩が目を丸くする。

さっきから先輩がネコ語（？）を使いながら必死に気を引こうとしていたのは、カサカサと地面で風に揺れる白いビニール袋だった。

ああ、そうか、先輩、眼鏡だし、目があんまりよくなかったんだっけ……

「……」

「……」

「……」

しばしの沈黙。

やがて眼鏡の縁に手を当てながら、先輩は低い声でこう口にした。

「……藤ヶ谷《ふじがや》くん」

「……はい？」

「……今日ここで見たことは、他言無用よ。もしもわたしが猫とビニール袋を間違えたなんていう猫好きにはあるまじき行いをしてしまったことをだれかに言ったら、そのことを一生後悔させてあげるから」

「わ、わかりました……」

ネコ語の方はいいのか……

というか今、自分でネコ好きだって言ったよな……？

やっぱりこの人はよくわからない……

そんな感じに、日輪《ひわ》先輩も加わった三度目の夏の日々は刻々と過ぎていった。

自由で大らかな校風の高校に通い、休み時間や放課後には美羽《みう》や佐伯《さえき》さん、日輪《ひわ》先輩と他愛もないやり取りや会話に花を咲かせ、クラスメイトや他の生徒たちとの関係も良好だ。

部活も念願の美術部に在籍し、教師や大人たちともそれなりにうまくやっていけている。

そんな一見すると満ち足りた毎日。

ただ……もちろんその間も、何もしていなかったわけじゃない。

一度目では得ることができなかった高校時代の青春を取り戻す日々を送りながら、何とか安《あ》芸宮《きみや》を探すことはできないか、この過去を再び変えることはできないかと様々な試みも行った。

中学のクラスメイトに連絡を取ってみたり、街で安芸宮《あきみや》に似ている女子の姿をつい探してしまったり、かつて安芸宮《あきみや》が住んでいた家に行ってみたり……

だけどそのどれもが徒労に終わった。

考えてみれば一番接点があった美羽《みう》や佐伯《さえき》さんが知らないのに安芸宮《あきみや》の連絡先を把握している相手なんているわけもなく、街を歩いていて偶然出くわすなんてマンガみたいなことはあるはずもなかったし、そして安芸宮《あきみや》の家は今はまったく別の家族が住んでいた。

安芸宮《あきみや》の行方を知ることができるどころか、その痕跡すらも見つけることはできなかった。

「……」

そうして、七月も半ばに入っていく――

3

「――フジっち、最近何してるん？」

「え？」

日輪《ひわ》先輩との再会を果たしてから少し経《た》ち、夏休みまであと十日と迫ったある日。

その日も校舎裏に向かおうとしていた俺は、難しい顔をした美羽《みう》にそう突っこまれた。

「なんかここんとこ昼休みとかちょいちょい行方不明になるんだけど、何してんの？　昼寝？」

「あー、それ私も気になってた。最近、気づいたらいなくなってるんだよね、藤ケ谷《ふじがや》」

佐伯《さえき》さんまでもそんなことを言ってくる。

「いや、ちょっと……」

「ちょっとって？　むむ、なんか怪しい。あたしにも言えないこと？」

「それは……」

別にやましいことをしているわけじゃない。

昼休みや放課後に日輪《ひわ》先輩に会って、とりとめもない話をしているだけだ。

ただ何だろう。どうしてか美羽《みう》たちに……日輪《ひわ》先輩を紹介することがためらわれた。

「……わかった、ニャンニャンだ」

「え？」

「……つまりそういう相手ができたんじゃない？　ほらフジっちって、女子のあしらいになれてそうに見えて意外とガードがガバガバなところがあるから。ちょっとあざといメス猫にニャンニャンされたらすぐに転んじゃうのもあり得るし？」

「……やっぱり美羽《みう》もそう思う？　私もそこはかとないメス犬の匂いを感じてたところだったんだよ、うん」

二人して浮気《うわき》が発覚した間男を見るような目でじーっと見てくる。

「……」

……だからメス猫とメス犬って。

……先輩と会わせるのに気が進まないのは、単純にこの二人の発言が剣呑《けんのん》だっていうのが主な理由なんじゃないかって気もしてくる。……いやまあ先輩が実際にニャンニャン言っていたのはさておくとして。

「……ま、それは別にあたし、フジっちと付き合ってるわけじゃないし、どうこう言える立場じゃないんだけどさ」

と、美羽《みう》が少しだけさみしげにそう口にした。

「だからフジっちがだれとニャンニャンごろごろしてても、文句は言えない。言えないけど……でもさ、それってなんかさみしいじゃん。少なくともあたしはフジっちと友だちとしては仲がいいと思ってる。だから隠れてニャンニャンされると、胸がきゅ……ってなるんだよ？」

「うん、わかるわかる。思いが一方通行っていうのは悲しいよね。ぐすぐす」

切なげに見上げてくる美羽《みう》と、ちらちらとこっちを見ながら泣きマネまでしてくる佐伯《さえき》さん。

「う……」

そこを突かれると苦しいところだ。

ニャンニャンうんぬんはともかく、美羽《みう》のことも佐伯《さえき》さんのことも俺は大切な友だちだと思っているし、そう考えると確かにこの状況は不誠実と言われても否定はできない。

今すぐというわけじゃなくとも、近い内にはちゃんと二人に先輩のことを紹介した方がいいのかもしれない……とそう思ったのだけれど。

ただまあ俺がそんな気を回すまでもなく。

日輪《ひわ》先輩とこの二人は……この後すぐに邂逅《かいこう》することになってしまったのだった。


翌日。

その日も俺は昼休みに向日葵《ひまわり》畑にやって来て、先輩と話をしていた。

「今日は何をしていたんですか？」

「いつも通りよ。向日葵《ひまわり》を見ていたの。だいぶ大きくなってきたと思って」

「そうですね……」

言われて目の前を見る。

少し前まではそれほど大きくもなかった向日葵《ひまわり》は、今やそのほとんどが俺の背を越すほどの高さとなっていた。

「そういえば先輩は向日葵《ひまわり》のどこが好きなんですか？」

「ずいぶん唐突ね。——そうね、たくさんあるけれど、実は咲いた後は太陽を追って向きを変えることはないというところかしら」

「え、そうなんですか？」

「ええ、ずっと太陽の方を向いていると思われているけれど、それは蕾《つぼみ》の時までで、花になった後はそんなことはないの。向きたい方を向くのよ。そういうところが、潔《いさぎよ》くて素敵だと思ってね」

それはとても先輩らしい理由に思えた。

「藤ヶ谷《ふじがや》くんはどうなの？」

「俺ですか？　そうですね……そこにあるとそれだけで景色が変わるところでしょうか」

「景色が変わる？」

「はい、存在感というかインパクトというか、景色が一気に黄色い絨毯《じゅうたん》を敷き詰めたみたいになるっていうか……」

「……」

「あ、ちょっとポエムすぎましたかね……？」

「ふふ、そうね。でも藤ヶ谷《ふじがや》くんのそういうところ、嫌いじゃないかもしれないわ」

「あー、そう言ってもらえると……」

「というか、好きよ」

少しだけ意味ありげに先輩がそう口にする。

その時だった。


「え、す、好き……っ……!?」

ガサガサガサ……！

俺たちの背後にあったツツジの茂みから、派手な物音とともにそんな声が聞こえてきた。

「こ、こら、美羽《みう》、声出しちゃダメだって！」

「あ、ご、ごめん……だ、だって、急に好きとか言うから、ちょっとびっくりして」

「も、もう……まあ、その気持ちはわかるけど」

続いて聞こえてきたのは、そんな声。

ああ、まさかとは思うが、これは……

「……だれか、いるのか？」

「「！」」

120パーセントだれがいるのかわかってはいたもののいちおう誰何《すいか》の声をかけると、茂みが動揺したかのように再びガサガサガサ！　と動いた。

そしてその直後に。

「にゃ、にゃ～」

佐伯《さえき》さんのものと思われるそんなヘタクソなネコの鳴き声が返ってきた。

「にゃにゃにゃにゃにゃにゃ……にゃ～ん」

「……」

「にゃ、にゃにゃ～ん。にゃお～ん。ネコちゃんだにゃ～ん、怪しくないにゃ～ん」

「…………」

……これで本当に誤魔化せると思っているのだろうか。

……そうだとしたら、ネコにも俺にも先輩にも失礼だ。

「……」

ほら、ネコ好きの先輩も怒って……

「……大丈夫よ」

「え？」

「ほら、怖くないから出てらっしゃい、猫ちゃんたち。ヒザに乗せてやさしくアゴを撫《な》でてあげるから」

ダメだこの人。ネコの前ではポンコツなのか……

なのでもうとりあえず先輩のことは置いておいて。

「……何してるんだ、美羽《みう》、佐伯《さえき》さん」

こめかみを押さえながら再度声をかけると、茂みがさらに激しくガサガサガサガサガサ！　とうごめいた。

「な、なんのことかにゃ〜ん？　私たちはたまたまここに居合わせちゃったかわいいネコちゃんで……」

「……そういうの、もういいから」

俺のさらなる呼びかけに、茂みの中でひそひそ声が響いた。

「あ、あれ、もしかしてバレてる……？」

「も、もう、チヒロっちのネコがヘタっぴだから……！」

「え、えー、そこ……？　だ、だいたい美羽《みう》があんな大声出すから……」

「う、そ、それはそうかもだけど……」

小声で責任の擦《なす》りつけ合いをする美羽《みう》と佐伯《さえき》さん。

しばらくの間言い合いは続いていたが、やがて二人とも観念したのか。

「……あ、あはは、こんにちはー」

「……あー、ごめん。フジっちがなにやってるか気になって、尾行しちゃった。てへ♪」

ちょっと犬の散歩のついでに寄っちゃいましたみたいな軽い口調でそんなことを言いながら、

二人そろって茂みから姿を現した。

「はぁ……」

もうこうなっては仕方がない。

諦めて、二人を先輩に紹介することにした。

「あー、ええと、この二人は俺の友だちで……」

「茅ヶ崎《ちがさき》美羽《みう》でっす！　フジっちとは同じ美術部員で、同中で、今もクラスメイトで～す！」

「あ、佐伯《さえき》千紘《ちひろ》っていいます。藤ヶ谷《ふじがや》とは隣の席で、やっぱりおんなじ中学出身で……」

ぺこりと頭を下げながら二人が挨拶をする。

「……」

少しの間、先輩はそんな二人を見ながら目をぱちぱちと瞬《しばたた》かせていた。

いや、まあ、それは世間話をしていたら突然お世辞にも上手とは言えないネコの鳴きマネが聞こえてきて、しかも直後に茂みの中から野生の陽キャギャルと一軍女子が出てきたのだから、驚くなという方が無理があるかもしれない。

しばらくの間、瞬《まばた》きをした後、先輩は少し残念そうにこうつぶやいた。

「……猫じゃなかったのね」

いやそっち⁉

この人のネコ好きはもう筋金入りだな……

そのことについてはもう諦めるとして、はたしてこのカオス極まりない状況をどう説明したらいいのだろうか。

頭を抱える俺の横で、だけど先輩はどうしてか小さく笑って。

「ふふ、そう、そういうことなのね」

「……？」

「美羽《みう》さんと千紘《ちひろ》さんね。はじめまして、わたしは日輪《ひわ》よ。天川日輪《あまかわひわ》。二年生。よろしくね」

どこか柔らかな口調で、そう名乗ったのだった。

割と驚くべきことなのだが、先輩と美羽《みう》・佐伯《さえき》さんとの相性は悪くなかった。

「えー、ヒワヒワ先輩ってニャンコ派なん？」

「ええ、そうよ。そこは譲れないところかしら」

「うう、それだけはわかり合えないかも。ニャンコのどこが好きなの？」

「そうね……たくさんありすぎて挙げていけば軽く108は超えるけれど、特にお尻の丸みがかわいくて好きかしら」

「！　わかるわかる！　お尻はいいよね！　一生見てられるよね！　なんならそれでご飯三杯くらい食べられるし！」

「いやそれは美羽《みう》だけでしょ……」

「えー、そうかな？　チヒロっちはアイスをオカズにしてご飯食べるタイプだっけ？」

「さすがにそこまではしないって。や、一日三食アイスでいいと思うくらいにアイスは好きだけど」

「それアイスをオカズにしてるのとおんなじじゃない？」

「ぜんぜん違うって。アイスは主菜になり得るってこと」

「う～ん……？」

「それはわかるわ。賛成よ」

「え、ほんとですか！」

「ええ、雪見だいふくやアイス最中は立派な主菜よ。アイスの天ぷらなんてものもあるしね」

「わー、私、先輩とは仲良くなれそう！」

気がつけばそんな感じに、賑《にぎ》やかでありながら楽しげな会話が繰り広げられている。

そういえば美羽《みう》が安芸宮《あきみや》と知り合った時も、相性的には水と油なのではと思えたのに、案外うまくいっていたことを思い出した。こういう女子同士の相性というものは、傍《はた》から見ただけじゃわからないものなのかもしれない。

「な〜んだ、ヒワヒワ先輩、いい人じゃん。ワンコ派じゃないけどお尻派だし、話してて楽しいし」

「ね？　アイス好きだし」

「フジっちがなんか挙動不審だったから審議必要なニャンニャン案件かと思ったんだけど……ぜんぜんそんなことなさそうかな」

「ん、そだね。メス犬の匂いは勘違いだったみたいだよ」

笑いながらそううなずき合う。

だからニャンニャンとかメス犬とかを普通に口にするのはやめてくれ……。

「ふふ」

だけどそんな二人の様子を、先輩は楽しげに見つめていた。

口元に手を当てながら、やさしい眼差《まなざ》しを浮かべている。

「……あの、大丈夫でしたか？」

「何が？」

「……ええと、その、二人を連れてきてしまって……」

その言葉に、優しげな表情で先輩は首を横に振る。

「ええ、何も問題はないわよ。楽しい人たちだと思うわ。……猫じゃなかったのは少しだけ残念だけれど」

そこはやっぱり気にしてたのか。

「……先輩がそう思ってくれたのなら、いいんですが」

本当に大丈夫なのだろうか。

だけど少なくともその表情を見る限り、こっちに気を遣っていたりフォローでそう言ったりしているようには思えない。

やがてそんな風に話をしているうちに、昼休みも終わった。

「あ〜、楽しかった！　ね、ヒワヒワ先輩、あたしたちもまた来ていいですか？」

「ですね、よかったらもっと日輪《ひわ》先輩とお話ししたいです」

笑顔の美羽《みう》と佐伯《さえき》さんがそう口にする。

「ええ、どうぞ。だいたいわたしはいつもここにいるから。歓迎するわ」

「やった！　今までフジっちばっかりヒワヒワ先輩を独占してたなんてずるいもんね」

「ありがとうございます。あ、でも、もしうるさかったり迷惑だったりしたら言ってくださいね？　私たちそういうの察するの苦手で、その時はさすがに自重するので……」

そううかがうように言う佐伯《さえき》さんに、先輩が小さく笑う。

「いいえ、そんなことはないわ。あなたたちと話すのは本当に楽しかったもの。それに――」

そこで先輩は少しだけ遠くを見るように目を細めて。

「……あなたたちがいれば、もしかしたら……」

「？　何か言いました？」

「いいえ、何でもないわ」

「……？」

先輩の最後のつぶやきは、セミの鳴き声にかき消されてしまってよく聞こえなかった。

4

翌日から、向日葵《ひまわり》畑は一気に賑《にぎ》やかになった。

それまでの先輩と二人だけの静かな空気がウソのような、楽しげな話し声と笑いの絶えない空間。

四人全員が集まることは、美羽《みう》のバイトや佐伯《さえき》さんの部活の関係などもあって少なかったけれど、日輪《ひわ》先輩と二人だけという日はほぼなくなった。

「おいっす、ヒワヒワ先輩！　今日も向日葵《ひまわり》見てるの？」

「ええ、そうよ」

「ふーん、ずっと見てて飽きたりしないの？　あ、そういえば向日葵《ひまわり》の種って食べられるって聞いたんだけど、マジ？」

「食べられるわよ。採れた種を炒《い》って塩コショウをかけると、無限に食べ続けることができるわ」

「え〜、なにそれなにそれ！　やってみたい！　絶対うまいやつじゃん！」

「じゃあ種ができたら持って帰るといいわ。……夏休みが終わる頃にはできているんじゃないかしら」

「やった！　よーし、収穫したらフジっちに作ってもらお」

「え、俺？　美羽《みう》の方が料理、上手《うま》いと思うんだが……」

「こういうのは男子の料理っしょ？　フジっちが作ったのも食べてみたいし。ね？」

「うーん、まあ、そう言うなら……」

「やった！　絶対だからね！　あ、その時はヒワヒワ先輩もいっしょに食べようね！」

「……ええ、そうね」

「はー、今日も暑いですね、日輪《ひわ》先輩。日傘さしたりとかしないんですか？」

「そうね……日差しがきつくないかと言われればウソになるけれど、この暑さも夏の醍醐味《だいごみ》だと考えればそれはそれで風流だもの」

「そういうもんですかねー。私は醍醐味《だいごみ》だったらだんぜん実際の甘味の方がいいかな。てことで藤ヶ谷《ふじがや》、ガリガリ君買ってきて？」

「……ごく自然に俺をパシらせようとしないでほしいんだが」

「えー、でもこのままこの暑さで水分をとらないでいたら日輪《ひわ》先輩も熱中症とかになるかもしれないよ？　藤ヶ谷《ふじがや》はそれでいいの？」

「う、それはよくないけど……」

「だったら決まり！　お願いねー」

「……わかったよ」

「やった！　お礼に帰りにあずきバーおごるから、それでおあいこね！」

「あれ、今日はフジっちいないんだ？」

「ええ、さっきまでいたけれど、妹さんとの用事があるということで帰ったわ」

「アカリっちかー」

「おー、じゃあ今日は女子三人だけの女子会だね。なに話そっか？」

「そだな～、あ、順番にフジっちのいいところを言ってくとかは？」

「あ、それいいかも」

「だよねだよね？　じゃああたしから。えっと、まずやさしいし、いっしょにいて楽しいし、見かけによらずつよつよなところもあって……」

「意外と行動力があるところもじゃない？　それと周りのこと、よく見てる」

「あ、そうかもそうかも」

「あと相談に乗ってくれるのがうまいのも外せないかなあ」

「お弁当をおいしそうに食べてくれるのもポイント高いとこだよねー……って、ヒワヒワ先輩、どしたの、ニヤニヤして？」

「いいえ、藤ヶ谷《ふじがや》くんは本当に二人に好かれているのだと思っただけよ」

「？」「？？」

　組み合わせは様々。

だけどだれとだれがいっしょになっても、場には終始和やかな空気が流れていて、笑いが絶えることはなかった。

そして今日は、珍しくフルメンバーがそろった校舎裏では、穏やかにたたずんでいる日輪《ひわ》先輩に、美羽《みう》と佐伯《さえき》さんが楽しげに話しかけている。

「でさでさ～、玲衣《れい》があたしの名前のことネコの鳴き声みたいだって言うんだよ。ワンコの方がいいのに～」

「ふふ、猫、いいじゃない。ええ、すごくいい」

「うーん、確かに鳴き声っぽいけど、でも美羽《みう》はゴールデンレトリバーみたいな感じだし……」

「え、それほめてる？　チヒロっち」

「う、うーん、どうだろ、あはは……」

文字通り花が咲いている会話。

それぞれの性格はだいぶ異なっているのに、不思議なことに三人ともウマが合っているようだった。

「あ、でもさ、名前といえばヒワヒワ先輩の名前、すごいいいよね。なんていうか、ヒワヒワ先輩にぴったりで、いかにもヒワヒワ先輩って感じ」

「すごくきれいですよねー。お日さまの輪っかって書くの」

「そう？　ありがとう。これは親の名前から一文字もらったの。それと名前の意味は、両親が好きだった花からもらったという話ね」

れど。

「へ～、そうなんだ」

「ご両親から受け継いでるって、なんか素敵ですよねー。私にはそういうのないからなー」

「……」

……ウマが合いすぎて、時々俺の存在感がウスバカゲロウになるのが悲しいところだったけれど。

何だかこんな空気に、覚えがあった。

そこにあるのはありふれた日常の光景で、何も特別なことはないのだけど居心地のいい、このどこか懐《なつ》かしい空気は……

「ふふ、なんかこうやって向日葵《ひまわり》の前でわいわいしてると中学の時を思い出すよね」

と、美羽《みう》が楽しげにそう口にした。

「あの頃も放課後とかは『園芸部』で集まって色々してたっけ。楽しかったな～。食べられる野菜を植えて収穫したり、チューリップの色は赤とピンクのどっちが好きかとかどうでもいいことをずっと喋《しゃべ》ってたり、時々玲《れ》衣《い》たちが遊びに来てフジっちに絡《から》んだりして。それにさー」

たぶん美羽《みう》は少しだけ気が緩んでいたのだと思う。

俺が感じていたのと同じどこか懐《なつ》かしい空気にほだされて、ついそれが出てしまったに違いない。

美羽《みう》が口にしたのは……

「あの時はアキっちもいて──」

それは──タイムリープをしてきたこの三度目の夏では一度も触れていなかった名前。

おそらくは……意図的に出すのを避けていた話題だ。

そこで、しまった！　という顔で美羽《みう》が言葉を止めた。

「あ、え、えっと……」

何て言っていいのかわからないといった声音で、気まずそうに俺の方を見る。

安芸宮《あきみや》との別れが、彼女との思い出が、俺にとって大きな痛手になっていることを、美羽《みう》は当然知っている。

そしてそれが今もなお続いていることも。

その泣き出してしまいそうな表情からは、そのことを不用意に思い起こさせてしまったことに対する、後悔の念が痛いほど見て取れた。

だから……

「……そうだな。あの頃は楽しかった」

「あ……」

「賑《にぎ》やかで、みんなで同じ時間を共有して……今でも忘れられない思い出だと思う」

美羽《みう》のことを考えれば、もう少しうまくフォローするべきだったのかもしれない。

だけど俺には……まだ安芸宮《あきみや》が胸の奥の深い部分にいる俺には、今はそれが精一杯だった。

「──あ、う、うん、そうだよね！　藤ヶ谷《ふじがや》も美羽《みう》っちも活《い》き活《い》きしてたし、あの時は楽しかったよ！　私もあの時、『園芸部』に入ってたらよかったのになー！　あ、で、でも、その分、今こうして楽しく過ごせてるんだからいいんじゃないかなー？」

場の空気を取り繕うように、佐伯《さえき》さんがそう声を上げる。

あいかわらずすぐにフォローを入れてくれるのが、ありがたかった。

「そうだな、あの時はあの時、今は今だ。それより今日は向日葵《ひまわり》の写真を撮るんじゃなかったっけ？」

「え？」

「向日葵《ひまわり》といっしょに映える写真を撮って、ＳＮＳに載せるって言ってたと思ったけど」

少しあからさまだけれど話題を変える。

わざとらしくもあったが、今はこれくらいの強引さが必要だと思った。

「そ、そうだね！　そうだった！　美羽《みう》ともそう話してたよね？」

「え？　う、うん、それはそうだけど……」

「じゃあ早く撮ろう！　ほら、藤ヶ谷《ふじがや》もそこに立って立って！」

「ああ」

た。

「……」

そんな俺たちのある意味で茶番とも言えるやり取りを、日輪《ひわ》先輩は黙ってずっと見つめてい

一度目の夏でわかっていたが、もともと空気が読めて頭のいい人だ。

きっと会話の端々から、この場は静観しておくのがいいのだろうということを即座に理解し

てくれたのだろう。

そう……この時は思っていた。

「はーい、じゃあ撮るよー？　準備はできてる？」

「大丈夫だ」

「う、うん、あたしもおっけー」

少しだけ気まずさが残りながらも、それでもだいぶいつものものに戻った空気の中で、笑い

合う美羽《みう》たち。

安芸宮《あきみや》はもういない。

だけどその事実は……美羽《みう》たちの心にも、確実に影を落としているということはわかった。

それから何日かは、また平穏な毎日が続いた。

あの時の一件なんてなかったかのように美羽《みう》は普通に振る舞っていたし、その口から再び安《あ》芸宮《きみや》の名前が出ることはなかった。それは俺も同じだし、佐伯《さえき》さんは言わずもがなだ。

「ちーっす、ヒワヒワ先輩」

「今日も来たの？　もっと他にやることがあると思うのだけれど……」

「うーん、なんとなく来ちゃうんですよねー。日輪《ひわ》先輩といっしょにいると和むからかなー？」

「そんなことを言っても何も出ないわよ？」

「あ、それは大丈夫です。藤ヶ谷《ふじがや》がみんなの分のガリガリ君とあずきバーをおごってくれるから」

「何で俺⁉」

穏やかで和やかな時間。

日輪《ひわ》先輩、美羽《みう》、佐伯《さえき》さん、俺の四人で過ごす毎日は、日常になりかけていた。

この頃になると、俺は安芸宮《あきみや》を探し当てることを半ば諦めかけていた。

もちろん動くことを止《や》めたわけではない。

だけどもはや……やれることはほとんど残っていなかった。

手は尽くしたというのが正直な気持ちかもしれない。

「……」

このまま安芸宮《あきみや》とのつながりが再び結ばれることなく、美羽《みう》たちと共にいる未来になるのならば、それがある意味で正しい選択なのかもしれないと……そう思いさえしていた。いや、思うしかなかった。

だけど。

すぐに俺は知ることになる。

——この三度目の夏にタイムリープをすることになった意味を。

5

変化というものは、いつでも突然訪れる。

夏の日に訪れる台風のように、ふいに発生して、周囲に多大な影響を与えて、日常を一変させる。

かつて——安芸宮《あきみや》と俺との関係がそうだったように。

状況に決定的な、そして予想もしていなかった変化が起きたのは……それから数日後のことだった。

その日は、たまたま先輩と二人きりだった。

美羽《みう》は委員会の仕事で、佐伯《さえき》さんはテニス部の練習があるということで、遅れてやってくるということらしい。

ひさしぶりの――先輩との二人だけの時間。

「何だか先輩と二人だけだったのが、ずいぶん昔のことのような気がしますね」

「そうね。あの子たちがいると賑《にぎ》やかだから」

「みんなでいるのも悪くないけど、こうしてのんびり静かなのも俺は好きです」

それは俺の本心でもあった。

安芸宮《あきみや》といた時も、美羽《みう》やその友だちがいっしょにいる少し騒がしい空間も好きだったけれど、やはり安芸宮《あきみや》と二人だけの時間は特別だった。

空気が緩やかにたゆたっているような、時間がゆっくりと流れていくような不思議な感覚。

どちらがいいとか悪いとかではなくて、それらは明確に違うものだったのだ。

響くセミの鳴き声。

どこまでも続く抜けるような青空。

乾いた草の匂い。

風に吹かれてまるで黄色の波のように揺れる向日葵《ひまわり》。

それらの夏の景色に、ただただ無心に身を任せる。

それは本当に心地いい時間だった。

どれくらいそうしていただろう。

ほんの一分くらいだったかもしれないし、三十分は経《た》っていたかもしれない。

「きみはどうして向日葵が好きなの？」

「え？」

ふいに先輩にそう問われた。

「景色が一変するから、というのは聞いたわ。でもそれだけじゃないでしょう。だって初めて見た時からきみは真《ま》っ直《す》ぐに、とても愛《いと》おしそうに向日葵《ひまわり》を見ていたわ。そしてそれは今もそう。どうしてそこまで向日葵《ひまわり》に気持ちを向けているのか、ずっと気になっていたの」

「それは……」

どうして急に先輩はそんなことを訊《き》いてきたのか。

その理由はわからない。

先輩が唐突に話の筋から外れた質問をしてくるのは、割といつものことだ。

だけど今日のそれは、普段のものとは違うような気がした。

だから俺は。

「……向日葵《ひまわり》は、昔、付き合っていた彼女が好きだったんです」

少しだけ迷ったけれど……俺は安芸宮《あきみや》のことを話すことにした。

懐《なつ》かしい夏の空気と、ひさしぶりに二人だけになったことからの安心感のようなものがあったのかもしれない。

それに何となくだけれど……先輩には打ち明けてもいいような気がしたのだ。

向日葵《ひまわり》畑で出会い、恋をして、付き合って、そして別れてからもいまだ心の奥底に大きな存在感をもって微笑《ほほえ》みを浮かべている彼女のことを。

「彼女は明るくて、やさしくて、少しだけイタズラ好きで……まるで向日葵《ひまわり》の花のように笑う子でした。中二の夏に俺から告白したんです。そこに至るまでは色々と、本当に色々とあったんですが……幸いなことに、俺の告白を受け入れてもらうことができました」

安芸宮《あきみや》との夏を思い出す。

一度目は散々な結果に終わったけれど、二度目は彼女に正面から向き合ってその本音に触れることができた。その本音はある部分では生々しく、決してきれいなだけなものではなかったけれど、でも俺はそれを聞いたことを後悔していない。

「俺は彼女のことが本当に好きでした。初恋……だったと思います。話していると楽しくて、いっしょにいると落ち着けて……ずっとそのまま二人で同じ時間を過ごしていくんだと、同じ未来をつかむことができるんだと思っていました。だけど……」

そこで言葉を止める。

ぎゅっと拳を握りながら向日葵《ひまわり》の方に目を遣《や》ると。

「だけど……中学卒業前に、別れたんです」

心の澱を吐き出すように、そう口にした。

「……」

「理由は今でもわかりません。もちろんそれが安芸宮《あきみや》の意思だっていうのなら仕方ない……いえ、仕方なくはないですけれど、そうだというのなら諦めるしかないのかもしれません。だけど俺は、どうして安芸宮《あきみや》が離れていってしまったのか、その理由さえも知らない……」

安芸宮《あきみや》が離れていった理由。

俺に別れを告げて、姿を消してしまった理由。

それらは今もわからないままだ。

「だからきっと……今でもその理由を求めて、彼女の笑顔をもう一度見られることを願って、向日葵《ひまわり》を見ているのかもしれませんね……」

……ダメだ。

一度その想《おも》いを口にしてしまったら、気持ちが堰《せき》を切ったかのように流れ出て止められない。

やっぱり俺は安芸宮《あきみや》のことが本当に好きなんだと……心の底から思い知らされた。

「……」

そんな俺の告白を、先輩は黙って聞いてくれていた。

時に目で促してくれながら、時にうなずき返してくれながら、ただ俺の気持ちを受け入れてくれた。

そして一通り俺の決壊が終わった後に……先輩は静かにこう口にした。

「今も……好きなの？」

「え？」

「あなたは……今も安芸宮羽純のことが好きなの？」

「それは……」

一瞬だけ返答に迷う。

好きであることは間違いない。

だけどそれが本当に純粋な気持ちから出たものなのか、ただの執着なのか、それはもう俺にもわからない。

ただ一つだけ言えることは、もう一度彼女と、安芸宮羽純《あきみやはずみ》と会って、話をして、その真意を確かめるまでこの気持ちが消えることはないということであって……

「……」

と、そこで違和感を覚えた。

……いや、待て。

今、先輩は何て言った？

つい今しがた発せられた先輩の言葉。

その中にどこか引っかかるものを感じて……

「……！」

そこで気づいた。

俺……安芸宮《あきみや》の下の名前を話したか？

いいや、話していない。

美羽《みう》や佐伯《さえき》さんも『アキっち』『安芸宮《あきみや》さん』と呼んでいたし、俺もまたただ『安芸宮《あきみや》』と名字でしか言っていなかったはずだ。

なのに今、この人ははっきりと答えた。

安芸宮羽純と。

「……っ……」

思わず先輩の顔を見る。

そんなことがあるのか。

普通に考えればあり得ない。

だけどそうとしか思えない。

俺は弾《はじ》かれたように先輩の肩をつかんだ。

「先輩……先輩は安芸宮《あきみや》のことを知っているんですか！　彼女がだれで、俺とどういう関係で、もしかして今どこにいるのかも……！」

「……」

先輩は表情を動かさないまま、答えない。

だけどその目は、俺の疑問を肯定していた。

一度目の時も先輩は安芸宮《あきみや》の存在を知っていたのだろうか。

知っていて、それを語ることなく俺との時間を過ごしていたのだろうか。

今ではもうそれを確かめる術《すべ》はない。

ただそんなことはもはやどうでもよかった。

安芸宮《あきみや》の行方を知っている相手がいる。

安芸宮《あきみや》との糸をつなぐことができる手がかりが確かにそこにある。

それだけで、俺はもう必死だった。

「教えてください……！　安芸宮《あきみや》はどこにいるんですか……！」

先輩の目を真《ま》っ直《す》ぐに見ながらそう訴えかける。

どれくらいそうしていたかわからない。

永遠にも、刹那にも感じられるような時間。

やがて先輩は……ゆっくりと口を開いた。

「……本当に知りたいの？」

「はい！」

「その結果、きみが傷つくことになっても？」

「はい……！」

「会ったことを後悔することになっても？」

「そんなのするわけない……！」

「……」

俺の言葉に、先輩はしばらくの間、真《ま》っ直《す》ぐにこっちを見たまま口をつぐんでいた。

これまでのものとは違う、緊張感を含んだ沈黙。

だけどやがてゆっくりと息を吐いた。

小さく頭を振りながら口を開くと。

「――わかったわ。教えてあげる。安芸宮羽純が、今、どこにいるのかを」

日廻りと傷痕

幕間②

日輪《ひわ》先輩と向日葵《ひまわり》畑で会うようになってから、一ヶ月ほどが過ぎた。

間もなく夏休みだというこの時期になっても僕はあいかわらず他の生徒たちとは馴染《なじ》めないままだったし、ここで先輩と話をする時間は楽しかった。

いつ来ても先輩はここで静かにたたずんでいて、向日葵《ひまわり》を見上げていた。

「日輪《ひわ》先輩は、向日葵《ひまわり》が好きなんですか？」

ある日、ふと思って訊《き》いてみた。

僕が向日葵《ひまわり》に気を引かれるのはいまだに消えない安芸宮《あきみや》の件があるからだけれど……先輩はどうしてこうも毎日飽きもせずに向日葵《ひまわり》を見ているのか、少しだけ気になったのだ。

「ええ、好きよ。見ていると懐《なつ》かしい感じがするもの」

「懐《なつ》かしい、ですか？」

「そうよ。両親が向日葵《ひまわり》を好きな人たちだったの。その影響でわたしも幼い頃から向日葵《ひまわり》に囲まれて育ったわ。だから懐《なつ》かしい感じがするのかしら」

「はあ……」

わかったようなわからないような理由だった。

それだけの理由で、こんな風に毎日眺めていられるものなのだろうか。

「向日葵《ひまわり》は……日廻りとも書くことがあるの」

と、先輩が言った。

「？」

「それは向日葵《ひまわり》が太陽を追いかけて咲く習性のある花であることからあてられたものなのだけれど……でも向日葵《ひまわり》には昔から不思議な逸話を聞くわ」

「不思議な逸話？」

「ええ。向日葵《ひまわり》畑を入り口にして並行世界に迷いこんでしまったり、向日葵《ひまわり》畑の前でもう会えないはずの少女と出会ったり、心を持った向日葵《ひまわり》が語りかけてきたり……」

そこで先輩は静かに向日葵《ひまわり》に目をやると。

「——向日葵に魅入られた者が何度も同じ時間を繰り返す、文字通り〝日廻り〟の逸話だったり、ね」

「……」

先輩がその言葉の裏で、何を言おうとしているのかはわからなかった。

ただその逸話は……どうしてか僕の心に強く響いて残った。

「……まあ、そういった色々な逸話があることも含めて、多面性があるところが好きってことよ。あまり気にしなくていいわ。少なくとも今の藤ヶ谷《ふじがや》くんはね」

「……？」

あいかわらず何を言っているのかよくわからない。

だけどこういう風に先輩が意味のわからないことを言い出すのはよくあることだと、この一ヶ月ほどの付き合いの中でも僕は理解していたので、特にそれ以上追及せずに流すことにした。

そのまま少しの間、沈黙が続く。

いつ聞いてもやかましいセミの声が鳴り響く中、風が再び吹きつけ向日葵《ひまわり》と先輩の髪を揺らす。

どれくらいそうしていただろう。

と、その時だった。

ふいに強めの風が吹きつけて、先輩のスカートを揺らした。

勢いで裾がめくり上がり、陶磁器のように真っ白な脚があらわになる。

「……！」

反射的に目を逸《そ》らそうとして……その内腿《うちもも》に、ふと小さなアザのようなものがあるのが見えた。

「？　ああ、これ、気になるかしら？」

「え、いえ」

アザはとてもかすかなもので、普通だったらほとんど目にも留まらないほどの小さなものだった。

だけどどうしてか……それが引っかかったのだ。

「……これは事故の傷痕なの」

先輩が言った。

「事故、ですか……？」

「ええ、車の事故ね」

「そうなんですか……あ、で、でも、傷痕が目立たなくてよかったですね」

それはフォローのつもりだった。

何であれ傷痕なんて、目立たない方がいいに決まっている。

ましてや先輩は女子であるわけだし。

だけど先輩はどこかさみしげとも取れる表情で、こう答えたのだった。

「……そうね、目立たないわ。つまりこれは、まだその時じゃないということかしら……」

「……？」

「いいのよ、気にしないで。願掛けみたいなものだから」

そう言ったっきり、先輩は黙りこんでしまった。

いつものような、特に気まずいわけではない沈黙。

だけどどうしてかその日、それ以上僕は先輩に話しかけることができなかったのだった。

第 三 話

向日葵と再会

1

「――わかったわ。教えてあげる。安芸宮羽純が今どこにいるのかを」

何かを決意したように、日輪《ひわ》先輩はそう言った。

その琥珀《こはく》色の瞳は、まるで俺の心の内を確かめるかのように真《ま》っ直《す》ぐにこちらへと向けられている。

俺の目を見据えたまま、先輩はこう口にした。

「安芸宮羽純《あきみやはずみ》は……今はここからそう遠くないところにある女子校に通っている。『聖樹館女学院《せいじゅかんじょがくいん》』。名前くらいは聞いたことがあるんじゃないかしら?」

「あ、え……」

確かに聞いたことはあった。

この辺り……というか全国的に有名なお嬢様学校だ。

全寮制で、さらに校則が厳しいことから、街中で見ることはほとんどないレアな存在であると朱里《あかり》が言っていたような覚えがある。

どうして安芸宮《あきみや》がそんなところに通っているのか、どうして先輩がそれを知っているのかは当然気になりはする。

だけど今の俺には、それらの疑問よりも、安芸宮《あきみや》の行方がわかったという事実の方に心を動かされていた。

「そ――それは、本当なんですか！」

「ええ、本当よ。そこの寮に安芸宮羽純《あきみやはずみ》は入っているわ」

「安芸宮《あきみや》が、そんな近くに……」

思いもよらないタイミングでもたらされた事実に声が震える。

ようやく……つかむことができた。

この二度目の夏にタイムリープしてから、霞《かすみ》のように消えてしまっていた安芸宮《あきみや》の手がかり。

それが今、まさに手を伸ばせば届くほど近くにあって……

「え、ちょっと、どうしたの、フジっち。顔が真っ青だし……」

と、そこでそんな声が聞こえてきた。

振り返ると、各々《おのおの》用事を済ませたのか、いつの間にか美羽《みう》と佐伯《さえき》さんがやってきていた。

「だいじょうぶ？　今日めっちゃ暑いし、熱中症にでもなったとか……？」

「え、でもそういう感じでもないみたい。……はっ、まさか日輪《ひわ》先輩に告白して見事にふられたとか……？」

「え、マ、マジで⁉」

突っこみどころしかないやり取りを聞きつつも、今の俺にはそれにうまい返しをする余裕はなかった。

二人に、ただ事実のみを告げる。

「……安芸宮《あきみや》の行方が、わかったんだ」

「え？」

「安芸宮《あきみや》って……アキっちの⁉」

俺の言葉に、佐伯《さえき》さんが目を瞬《しばたた》かせて、美羽《みう》が弾《はじ》かれたように声を上げる。

「……ああ。『聖樹館女学院《せいじゆかんじよがくいん》』に通っているらしい」

「聖樹館《せいじゆかん》って……あのちょーお嬢様学校でしょ？　え、なんでアキっち、そんなところに
……」

「それはわからない。だけどそういうことらしいんだ」

「え、で、でもさ、藤ヶ谷《ふじがや》、だれからそんなこと……」

それは当然の疑問だ。

と、そこで俺の視線を辿《たど》ったのか、佐伯《さえき》さんが先輩を見る。

「え、日輪《ひわ》先輩？　な、なんで……？」

「……」

佐伯《さえき》さんの驚きの問いに、だけど先輩は答えない。

そこは俺も問《と》い質《ただ》したいところだったけれど、先輩がこういう反応の時は何をしても答えて

はくれないということは一度目の夏でわかっていた。

「……それはとりあえず今は置いておいてくれ。それよりもそういうことなんだ。俺は安芸宮《あきみや》に会いに行きたいと思ってる」

「そ、それは藤ヶ谷《ふじがや》からしたらそうかもしれないけど……あ、でも聖樹館《せいじゅかん》って、人の出入りがめっちゃ厳しいって聞くよ？　特に男子に関しては、ほとんど領事館並みのセキュリティだって話」

まあ、それはそうだろうと思う。

「わかってる。でも……」

でも、それでも……俺は行かないとならない。

だって安芸宮《あきみや》がそこにいるのだ。

行って直接会って、顔を見て話をしなければ……現状から一歩もどこにも進めない。

それは佐伯《さえき》さんもわかってくれているのか。

「ま、まあ、藤ヶ谷《ふじがや》ならそう言うよね……しょうがないか、ここは私たちも協力して──」

微妙な表情をしながらそう言いかけて。

「……ごめん、あたしはムリ」

そんな声が小さく響いた。

見ると佐伯《さえき》さんの隣で……美羽《みう》が肩を震わせながら顔をうつむかせていた。

「美羽《みう》……？」

「フジっちの気持ちはわかるよ……？　あれだけ探してたアキっちがやっと見つかったんだもんね。それはいいことだと思う。アキっちがどうしたのかはずっと気になってたから、あたしもうれしいよ。でも……」

その先を続けることはなく、黙りこんでしまう。

美羽《みう》の心情は理解できた。

その、美羽《みう》の気持ちが二年前と変わっていないということは……つい先日に確認している。

初恋は、砂糖みたいに甘くて、蜂蜜みたいに喉の奥に残るものなのだと。

だからそんな美羽《みう》にとって、安芸宮《あきみや》は仲の良かった友だちであると同時に、言ってみれば傍《そば》にいて一番落ち着かない相手のはずだ。

頭では状況を理解していても、感情がついてこないのは仕方がないと思う。

「——ん、わかった」

「フジっち……？」

「ごめんな、美羽《みう》の気持ちも考えないで……。美羽《みう》はこの件には関わらなくて大丈夫だ。こっちで何とかするから」

「あ……」

その言葉に、美羽《みう》は瞳を潤ませる。

「フジっち……ほんとにごめん、で、でも、でもあたし……」

「いいって」

美羽《みう》の肩に手を置いてそう声をかける。

何度もごめんの言葉を口にしながら、美羽《みう》は帰っていった。

その後ろ姿を見送って、佐伯《さえき》さんに向き直る。

「……そういうわけだから、あとは佐伯《さえき》さん頼みだ。佐伯《さえき》さん、頼む」

「ん、んー、なんか責任重大だけど、わかった。美羽《みう》の気持ちは正直わかるし、共感もできるけど……でも、他ならぬ藤ヶ谷《ふじがや》と安芸宮《あきみや》さんのためだもんね。協力するよ」

「ありがとう……」

佐伯《さえき》さんは本当にいいやつだと思う。

こうして、佐伯《さえき》さんと二人で安芸宮《あきみや》と接触するために動き出すことになった。

「……」

そんな俺たちを、先輩は凪《なぎ》のように穏やかな目でただ見つめていた。

2

「とにかく、問題はどうやって聖樹館《せいじゅかん》に入るかだと思うんだよね」

日輪《ひわ》先輩とは校舎裏で別れた後。

高校の近くにあるカフェで、メロンソーダをストローで吸いながら佐伯《さえき》さんは言った。

「さっきも言ったけど、あそこは男子相手には鬼みたいに厳しいから。だから、最悪、私は何とかなっても、たぶん正攻法じゃ藤ヶ谷《ふじがや》はムリだと思うんだよね。あそこに入れる男子って、基本的に生徒の家族くらいだって話だから」

「そうなのか……」

仮に安芸宮《あきみや》の家族だと言っても、そんなのはすぐにバレるだろう。

それになるべくなら安芸宮《あきみや》には来訪は伝えずに、彼女のもとまでたどり着きたかった。

「うーん、そうなるともう手段は一つしかないかなー」

メロンソーダのバニラアイスをストローで崩しながら、佐伯《さえき》さんが言った。

「！　何かいい方法があるのか？」

「ん、まあいい方法というかなんていうか……」

「?」

そこで佐伯《さえき》さんはちょいちょいと手招きをして顔を近づけてきた。

そして少しだけ悪い顔をすると、

「ザ・不法侵入?」

「……」

「……」

「……いや佐伯《さえき》さん、さすがにそれは」

いきすぎじゃないのか。ヘタをすれば警察沙汰にもなりかねない。

だけど俺の言葉に、佐伯《さえき》さんは真剣な表情でじっと見返してきた。

「でもさ、藤ヶ谷《ふじがや》はどうしても安芸宮《あきみや》さんに会いたいんだよね?」

「それは……」

「で、そのためには何としても聖樹館《せいじゅかん》に入るしかない。だったらできることは何だってやるべきだよ。恋と戦争は手段を選ばず、だよ?」

「何だ、それ?」

「私の座右の銘。簡単に言えば、好きな相手を落とすためにはなりふりかまわないってこと？」

「……」

俺たちの中では比較的まともなキャラにもかかわらず意外と過激なモットーだった。

「まあ不法侵入って言ったけど……実際には別にドロボウみたいに忍びこむとかするわけじゃなくて、たとえば私がちゃんと手続きして中に入った後に、そこから手引きして藤ヶ谷《ふじがや》がこっそり忍びこむとか、それくらいだよ？　ほら、藤ヶ谷《ふじがや》はけっこう女顔だから、ウイッグつけて帽子とか深く被《かぶ》って眼鏡でもかければバッチリ誤魔化せると思うし」

最後の方にアレな内容がさらりと流されたのが少し引っかかったが、言っていること自体は思ったよりもまともだった。

まあそれでも十分に見つかれば怒られるレベルであるとは思うが、実際問題としてもう他に手段がないのも事実だった。

こうなったら俺も腹をくくるべきだろう。

「……わかった。それでいこう」

「お、やる気になった？」

「ああ、佐伯《さえき》さんにはだいぶ面倒をかけると思うけど、頼む」

「おっけー、任せといて！」

佐伯《さえき》さんが勢いよく右手を上げて。

こうして俺たちは『聖樹館女学院《せいじゅかんじょがくいん》』に不法侵入――もとい、こっそりと忍びこむことになったのだった。

3

それから三日後。

もろもろの準備を終えた俺たちは、『聖樹館女学院《せいじゅかんじょがくいん》』の前にいた。

「ここか……」

『聖樹館女学院《せいじゅかんじょがくいん》』は、聞いていた通りのお嬢様学校だった。

街中にありながらちょっとした自然公園ほどの敷地《しきち》面積。道の果てまで続くのではないかと思われるほどの長く高い塀。そしていかつい顔をした警備の男二人が立っている校門。

周りに広がるごく普通の街並みの中で、明らかにここだけ浮いていた。

「それじゃ私がまず校門から受付を通って入るから、少ししたらあの角のところにある茂みまで来て。そこに抜け穴があって、中に入れるらしいから」

「ん、頼んだ」

「はいはい。じゃあまた後でね」

そうひらひらと手を振って佐伯《さえき》さんが校門の方へと歩いていく。

受付で何かを話した後に、そのまますんなり中へと入っていった。やはり女子へのガードは比較的緩いようだ。

——さて、ここからだ。

佐伯《さえき》さんに言われた通り、塀の先にあるポイントへと向かう。

茂みの中にあるという敷地《しきち》内へと通じる抜け道。

何でも聖樹館《せいじゅかん》の生徒たちが、門限外の時間にこっそりと外に出るために使われているのだとか。

そんな情報をどこから仕入れてきたのか謎だけれど、SNS関連で割と確度の高いものらしい。なんか陽キャの間ではそういうネットワークでもあるのだろうか。

ともあれ塀の先にある茂みまでたどり着くと、そこには確かに佐伯《さえき》さんの言った通り、人一人が通れるくらいの小さな穴があった。

地面にヒザをついて這《は》いながら、通り抜ける。

く、けっこう腰にくるな……。

苦労しつつも一メートルほどの長さのそれを抜けると、そこには佐伯《さえき》さんの姿があった。

「お、無事通れたみたいだね。よかったよかった」

「ああ、何とか」

服についた葉っぱを払いながら立ち上がる。

「それで、変装用の小物を用意してくれたって……」

「ほいほい。これだよ」

佐伯《さえき》さんから紙袋を受け取る。

中に入っていたのは体型をわからなくするための大きめのジャージ、ツバの広い帽子、フレームの細い眼鏡、そして長い黒髪のウイッグだった。

それらを即座に身につける。全部着こむとかなり暑いが仕方がない。

「お待たせ。これで大丈夫そうか？」

「おお、さすが藤ヶ谷《ふじがや》、ちゃんと女子に見える。ていうかかわいいかわいい」

「それ……ほめてるのか？」

「もちろん。それだけ顔がきれいってことだからね」

「うーん……」

なんか複雑な気分だ……

「メイクとかもしたらもっとガチで女子……っていうかちょっとミステリアスな感じのお姉さん系になるかもねー。いつかやってみたいなあ……。んん……？」

と、そこで佐伯《さえき》さんが小さく声を上げながら目を細めた。

じいっと俺の顔を見ながら、何やら不思議そうに首を傾けている。

「？　どうしたんだ？」

「え、や、その……」

「？」

「え、なんで……？」

「⁇」

「……あ、ううん、何でもない。気にしないで」

そう言って佐伯《さえき》さんは首を振る。

何だってそんな反応をしたのかはわからない。

だけど聞こえるか聞こえないかくらいの声で、小さくこうつぶやいていたのだった。

「似てる、よね……？」

その後の潜入は、思いのほかスムーズに進んだ。

敷地《しきち》内から校舎内へは、特に問題が起こることもなくすんなりと足を踏み入れることに成功した。

少しばかり拍子抜けではあったけれど、セキュリティが厳しいのは入り口のみで、中に入ってしまえば案外他の学校とそこまで変わらないのかもしれない。

「うわ、すごい、なんで廊下に絨毯《じゅうたん》が敷いてあるの？　なんかクラシックみたいな音楽が流れてるし、壁には高そうな絵とか飾ってあるし！」

隣では佐伯《さえき》さんがそんな緊張感のない様子で声を上げている。

それでも最低限の注意はしつつ、進んでいく。

向かう先は、ひとまずは全生徒が住んでいるという寮だ。

全生徒ということは、きっと安芸宮《あきみや》もそこにいるだろうという見立てからだ。

高等部校舎を抜けた先にあるというその建物へと、なるべく他の生徒とは接触しないようにしながら歩いていく。

とはいえ意外とそれも大丈夫だった。

校舎の広さの割には生徒数が少ないのか、そもそもあまり他の生徒と出くわすことがない。

仮に遭遇したとしても、広い廊下で距離を取りながらすれ違って会釈《えしゃく》をするくらいだ。

佐伯《さえき》さんが来客用のパスを首から下げていることから、特に怪しまれることもない。

もっとも一度だけ声をかけられた時は、少しばかり緊張した。

「あの……」

「！」

すれ違いざまに三人組の一人にかけられたそんな声。

やばい、バレたか……？

全身からヘンな汗がブワッと噴き出る。

逃げるか、それともごまかすか、対応を即座に頭の中で巡らせる。

だけど次にかけられた言葉は。

「そちらの方……とても整った顔立ちをしていますわね」

「え……？」

「背も高いですし、モデルさんとかですか？　わあ、わたくし、本物の女性モデルさんを初めて見ました！　感激です……！」

「あ、いや……」

その予想外の問いかけに、返す言葉に困る。

未来ではともかく少なくとも今の時点ではモデルではない……というかそもそも女子ですらない。

とはいえ当たり前だがそれをこの場で口に出すわけにもいかないので、ただ曖昧な笑みを浮かべて適当に受け流すことに徹した。

「──ありがとうございました。お会いできてよかったです。おかげで貴重な経験ができました」

やがてそう上品な仕草で頭を下げて、女子生徒たちは去っていった。

それを見送って、佐伯《さえき》さんが大きく息を吐く。

「やー、さすが藤ヶ谷《ふじがや》だね。ああいう突っこみをされるとは思わなかったよ」

「……焦《あせ》った。バレたかと思った」

「ねー？　いやー、怪しい薬をかがせて意識を失わせようか首筋に手刀を当てて気絶させようか、一瞬迷っちゃったよー」

「……そこはもう少し穏便な解決策を考えてくれ」

やっぱり佐伯《さえき》さん、意外と過激派なんじゃないか……？

とまあ、そんなちょっとしたアクシデントはあったものの、それ以外は特にトラブルが起こることもなく進んでいく。

「ふふ、でもこういうの、ちょっと懐《なつ》かしいかも」

「え？」

と、少しだけ楽しそうな様子で佐伯《さえき》さんがそう口にした。

「ほら、子どもの時に、こんな感じにこっそり入っちゃいけないところとかに入っちゃったりしなかった？　近所のお化け屋敷《やしき》になってる廃屋とか」

「あー、したかも」

しかも勝手に私物などを持ちこんで、我が物顔で占拠していた覚えがある。

「そういえば幼稚園の頃にもそんなことをしてたっけ。裏山があって、そこに洞穴みたいなのがあったから、そこに勝手に入って」

当時のことを思い出す。

たまたま見つけた人が入れる大きさの洞窟――たぶん防空壕《ぼうくうごう》跡か何かだったのだろう――を、その時に仲の良かった女子と二人で秘密基地にしたのだ。

あれも確か今くらいの時期、夏だったと思う。

レジャーシートを敷いて、懐中電灯を持ちこんで灯《あか》りにして、こっそりおやつを食べたりして、秘密のマイホームなどと言って休み時間はずっとそこで二人だけで遊んでいた。

今思えば蒸し暑いし、暗いし、地面は剝《む》き出《だ》しで痛いしでこれ以上ないくらいに過酷な環境だったはずだけれど、その時はそこがとても快適な空間に思えたのを覚えている。

「あはは、わかるわかる。ああいうのって楽しいよねー。ほんとに自分たちの家になったような気がして。でも結局先生たちに見つかっちゃって、秘密のマイホームは退去処分になっちゃってさー。泣いたよねー」

「そうそう。一家離散だとか別居だとか言ってだいぶ困らせたっけ……ん」

そこで言葉が止まる。

「佐伯《さえき》さん、何でそれを？」

「あ……っ……」

と、佐伯《さえき》さんがしまったといった顔になった。

「え、ええと……」

「……」

「その……」

何かをうかがうような目でちらちらとこっちを見上げてくる。

そのどこかいたずらっ子を感じさせる表情には、見覚えがあった。

「……もしかして佐伯《さえき》さんって、幼稚園でいつもいっしょだったあの女の子……？」

「……！」

ビクッと身体《からだ》を小さく震わせながらこっちを見る。

その目の前の陽キャクラスメイトと、かつて仲の良かった女の子のおぼろげな面影が、蒸し暑い夏の空気の中で重なった。

「あ、あはは一、バレちゃったか。隠すつもりはなかったんだけどな一」

「え、じゃあ本当に……？」

「あ一、うん、まあ……」

気まずげにうなずく佐伯《さえき》さん。

「え、いつから気づいてたんだ……？」

「ん一、中学入った時から、かな？　ほら、藤ヶ谷《ふじがや》、外見はけっこう変わってたけど、あの時の男の子だってすぐにわかったよ。目は変わってなかったっていうか……」

そうだったのか……

だけど言われてみれば入学してすぐに女子に声をかけられたような覚えがある。その時はすでに俺は陰キャになっていたから、それが佐伯《さえき》さんとは、ましてやあの時の女の子だとは気づかなかったけれど……

「……悪い、ぜんぜん気づかなかった」

「い、いいっていいって！　私が勝手に覚えてただけだし。それに……」

「？」

「……ま、まあ、初恋の相手だったから覚えてたってのはあるんだけど」

続く言葉は、佐伯《さえき》さんには珍しく小さな声で、よく聞こえなかった。

「な、なんでもない！　ほ、ほら、それより早く行こう！　ここを抜ければもう寮だと思うから、安芸宮《あきみや》さんを――」

佐伯《さえき》さんが慌てたようにそう言いかけて。

その時だった。

「――ん、あなたたち、うちの生徒ではないですよね？」

「⁉」

ふいに声をかけられた。

見ると廊下の反対側に、眼鏡をかけて髪をアップにした、見るからに厳しそうな女性の姿があった。

おそらく話をしている間にやってきたのだと思われる。

その外見からして……間違いなく聖樹館《せいじゅかん》の教師だろう。

「来客の方ですか？　失礼ですが入校許可証を見せていただいても？」

そう冷たい声で言いながら近づいてくる。

まずい……！

身元照会をされたら、パスを持っている佐伯《さえき》さんはともかくとして俺は100パーセントアウトだ。

どんな言い訳をしても、こんな怪しい変装をしている上にそもそも許可なしで敷地《しきち》内に入っている時点でどうしようもない。

そして俺が不審者認定されれば、芋づる式に佐伯《さえき》さんも退去させられるだろう。

そんなことになってしまったら、安芸宮《あきみや》を探すどころじゃない。

こうなったらここはもう……

「逃げよう、佐伯《さえき》さん……！」

「え？　あ、う、うん……っ……！」

「こっちだ……！」

うなずき返してきた佐伯《さえき》さんといっしょに踵《きびす》を返《かえ》して走り出す。

「！　待ちなさい！」

背中からは厳しい声が追いかけてくる。

とにかく今は逃げるしかない。

後ろから迫ってくる気配を感じながら、廊下の角を曲がったところで、とっさに目の前にあった教室に駆けこんだ。

か、隠れるところは……⁉

教室内に視線を巡らす。

ふと目に入ったのは、掃除用具ロッカーだった。

佐伯《さえき》さんも同じ考えのようだった。

二人でうなずき合い、目の前のやっと人が二人入れるほどの箱へと飛びこむ。

「そこにいるんですか……！」

耳に響く声とともに、目をつり上げた教師が教室内に踏みこんできたのはその直後だった。

4

ロッカーの中で身を寄せ合いながら、俺たちは物音を立てないように息を殺していた。

(ちょ、ちょっと、藤ヶ谷《ふじがや》、あんまり動かないでってば。い、色々当たるって……!)

(あ、わ、悪い。でも体勢が苦しくて……)

(う、それはわかってるんだけど……)

適当に入れられたモップやバケツに紛れて、少しだけ上気した顔でこっちを見上げてくる佐《さ》伯《えき》さんと二人で、そんなやり取りを交わす。

距離はもうほとんどゼロに近く、全身がぴったり密着している状態だ。

少しだけ息を荒らげる佐伯《さえき》さんからは、柑橘《かんきつ》系のような甘くさわやかな香りが立ち上ってくる。

どうにかしたいとは思うものの……どうすることもできない。

「いるんでしょう、出てきなさい……!」

(!)(!?)

「おかしいわね……確かにこっちに行ったと思ったのだけれど」

ロッカーの扉の向こうから響くそんな鋭い声。

ここでバレたらおしまいだ……というか、男女が絡《から》み合《あ》っているような今のこの状態は、見られたら勘違いされそうでなお悪い。

(……)(……)

音を立てないようにさらに身を寄せ合いながら、二人して必死に気配を殺す。

(……)

(……んっ……)

(……)

(……んん………っ……)

(……)

体勢が苦しいのか、時折佐伯《さえき》さんが悩ましげに声を漏らしていたが、こればかりはガマンしてもらうしかない。

やがて足音が何巡かして。

「気のせいだったかしら……」

そんな声とともに、気配は遠ざかっていった。

「……はぁ……」

足音が完全に消えるのを確認して、安堵《あんど》のため息とともに佐伯《さえき》さんと二人でロッカーから転がり出る。

二人とも全身すっかり汗だくだった。

「やばかったね……見つかっちゃうかと思った……」

「ああ、ギリギリだった……」

「ていうか暑かった……死ぬかと思った……」

「ほんとにな……サウナみたいだった」

教室の床に座りこみながら額の汗を拭う。

「ね？　あと五分入ってたらマジで倒れてたかも。……それに藤ヶ谷《ふじがや》が身体《からだ》を押しつけてくるから」

じっと目を細めながら見つめてくる。

「！　あ、あれは不可抗力というか、しょうがないだろ……」

「そうかもだけど……でもあんな風に男子とくっついたのは初めてだったよ……もうお嫁に行けないかも……」

「う……」

さめざめとした表情でそんなことを言われては何も言えなくなってしまう。

どう返していいのかわからずに困っていると、佐伯《さえき》さんは顔を上げて舌をペロリと小さく出した。

「なーんて、冗談冗談。別に気にしてないって。藤ヶ谷《ふじがや》ならいいし」

「え？」

「ほら、中学からずっと隣の席の縁だし、幼稚園からの付き合いの幼なじみだし、お嫁に行ってもいいってこと？」

いやそっち⁉

本気なのか冗談なのかわからないような口調でそんなことを言ってくる。

「あー、や、暑いな……」

何だかさらに暑くなったような気がしたので、ジャージを脱いで、帽子とウイッグも外す。

校内はエアコンが効いているため、普通に動く分には何とかガマンできたが、それでもこの七月の空気の中でこの服装はさすがにきつかった。

「とにかくここまでは来られた。後はこのまま寮まで行ければ……」

何とかなるはずだ。

そんな風に、少なからず甘く考えていたところもあったんだと思う。

何だかんだいって比較的順調に進むことができていたし、大きなトラブルを回避できた直後で気が緩んでいたところもあったのかもしれない。

だから一度撒《ま》くことに成功した教師が……まさか同じ場所を再度見回りに来るなんてことはないだろうと高をくくっていた。

だけど世の中そんなにうまくはいかないようだった。

ガラリ……！

「！」

完全に気を抜いていた俺たちの前で、ふいに勢いよく教室のドアが開かれた。

その向こうから現れたのは、当然というか何というか、さっきの女性教師だった。

「やっぱりここにいましたね……！　確かにこっちに逃げたからおかしいと思ったんです。詳しい話を聞かせてもらいますよ……。ん？　あなた……男子ですか！」

「！」「⁉」

「男子がどうしてここに……！　そこを動かずにおとなしくしていなさい……！」

厳しい表情でこっちを見据えながら詰め寄ってくる。

まずい、完全に顔を見られた上に、逃げ場がない……！

どう対応すればいいのか混乱していると、佐伯《さえき》さんが教師と俺との間に立ち塞がるように一歩前に出た。

「佐伯《さえき》さん……？」

「藤ヶ谷《ふじがや》は行って……！」

「え、だ、だけど……」

「いいから、ここは私が何とかする！」

いや何とかするって、どうするつもりなんだ……？

再度佐伯《さえき》さんの顔を見る俺に。

「安芸宮《あきみや》さんに会いたいんでしょ……！」

「だったら行って！　私が捕まっても、藤ヶ谷《ふじがや》が安芸宮《あきみや》さんに会えれば目的は達成なんだから……！」

「……っ……」

「それは……」

一瞬だけ逡巡《しゅんじゅん》したものの、すぐにそれがこの場の最適解だということを悟る。

「……わかった、助かる！」

そう口にして、俺は教室の出口へと走り出した。

「っ……！　待ちなさい……！」

後ろからは教師の怒気に満ちた声が聞こえてくるも、佐伯《さえき》さんが足止めをしてくれているのか、追いかけてくる様子はなかった。

教室を出て、廊下を走り出す。

寮の正確な位置はわかっていないが、この高等部校舎を抜けた先にあるのは間違いないはずだ。

どれくらい走っただろう。

とにかく出口を探して走り続けて、廊下の角を曲がった時のことだった。

「きゃっ……」

ドン……！

ふいに柔らかい何かにぶつかって、バランスを崩した。

体勢を立て直しながら見てみると、そこにいたのは……

「あなたは、先ほどの……？」

「え？」

尻もちをつきながら目を瞬《しばた》かせていたのは、つい先ほど廊下ですれ違った女子生徒だった。

さっきとは違い他の生徒の姿はなく、今は一人のようだ。

女子生徒は俺を見ると立ち上がり、にっこりと微笑《ほほえ》んだ。

「またお会いできましたね。うれしいです……あら、でもあなた、先ほどとは見た目が
……？」

「……っ……」

しまった、眼鏡はともかく、帽子とウイッグは外したままだ。

これじゃあどこからどう見ても男であることは隠しきれていないため、言い逃れはできない。

そう思ったのだけれど……

「――ああ、わかりました、男装の麗人、なのですね」

「……はい？」

ぽんと手を叩《たた》いて、女子生徒はそうにこやかに口にした。

「わけあって男子の出《い》で立《た》ちをしているのでしょう？　こちらの姿も、さっきとはまた違った

装《よそお》いで、とっても素敵です♪」

「……」

何と反応したらいいのだろう。

お嬢様学校の生徒はみんなこんな感じなのだろうか……

とはいえ勘違いしてくれているのは助かった。

俺を女子だと思ってくれているうちにこのまま早急にここを離れるのが吉だと思い、急いで立ち去ろうとする。

「あー、その、せっかく再会できたところで悪いけど、急ぎの用事があるんだ。だからこれで——あ、そうだ」

「？」

振り返りつつ、いちおう尋ねてみる。

「あのさ、せっかくだしちょっと訊《き》きたいことがあるんだけど……」

「はい、何でしょう？」

「実は人を探していて……安芸宮《あきみや》、安芸宮羽純《あきみやはずみ》っていうんだけど、知らないか？」

別に期待したわけではなかった。

せっかくコンタクトをとることができた聖樹館《せいじゅかん》の生徒だし、もしかしたらワンチャン安芸宮《あきみや》につながる手がかりくらいは聞くことができないかと思って訊《き》いてみただけだ。

だけど返ってきた答えは……

「あら、あなたは羽純ちゃんのお知り合いなのですか？」

「え？」

「わあ、なんかうれしいです。たまたまお会いできた方が羽純《はずみ》ちゃんのお知り合いなんて。ええ、羽純《はずみ》ちゃんならこの時間は裏庭にいると思いますよ。できるならご案内したいところなのですけれど……」

そこで彼女はすまなさそうにちらりと腕時計を見た。

「申し訳ございません。わたくしはこれから華道のお稽古に行かなくてはいけないので……」

「あ……い、いや、大丈夫だ」

まさか当たりを引くとは思わなかった。

偶然とはいえ……安芸宮《あきみや》のことを知っている相手に出会うことができた。

これも何かの巡り合わせではないかと、そんなことを思ってしまう。

そして彼女が言うには、安芸宮《あきみや》は寮ではなくて裏庭にいるのだという。

危うく行き違いになるところだった……

心の中で安堵《あんど》しつつ、教えてくれた女子生徒にお礼を言う。

「ありがとう！　助かった」

「いいえ。お役に立てたのなら何よりです。羽純《はずみ》ちゃんによろしくお伝えください。それでは失礼いたしますね」

そう深々と頭を下げて、女子生徒は上品な足取りで立ち去っていった。

その姿を見送って、俺は即座に裏庭へと走り出した。

5

「ハア……ハア……」

裏庭にたどり着く頃には、辺りはすっかり夕暮れ時になっていた。

太陽は大きく西に傾き、桐原高校《きりはらこうこう》よりも何倍も立派で大きな校舎も、傍《かたわ》らにあるきれいに整備された花壇も、目に入る視界全てを淡いオレンジ色に染めている。

まるで、世界にある色がオレンジだけになってしまったかのような光景。

鳴いているヒグラシやツクツクホウシの声すらも、オレンジ色の粒子を帯びているかのようだ。

ハアハア……ハアハア……

肩で息をしながら、それらの光景の中をひた走っていく。

だけどそんな一面のオレンジ色の中にあって……一つだけ、その橙色《だいだいいろ》のオブラートに染まっていないものがあった。

視界を覆いつくすほどの、黄色の絨毯《じゅうたん》。

鼻をくすぐる懐《なつ》かしい夏の匂い。

どこまでも広がるような向日葵《ひまわり》畑が……そこにはあった。

「ここって……」

思わず声が漏れてしまう。

その景色は……思い出の中にあるワンシーンに、中学の裏庭によく似ていた。

一面に広がる黄の洪水。

目の前には何本何十本もの向日葵《ひまわり》が、まるで絵の中の光景のように広がっている。

そして……
　
その真ん中に……彼女はいた。
　
「あ……」

向日葵《ひまわり》の黄色に映える色素の薄い髪。

オレンジ色と黄色のコントラストの中にあってなお陶磁器のように白い肌。

吸いこまれていきそうな琥珀《こはく》色の瞳。

初めて出会った一度目の夏と、想《おも》いを通じ合わせた二度目の夏の彼女と……寸分違《たが》わない姿で。

「安芸宮《あきみや》……」

とうとう――見つけた。

二度目の夏以来、消えてしまった彼女。

ずっと求めて止《や》まなかった、向日葵《ひまわり》のような彼女だ。

タイムリープをして三度目の夏を過ごすようになってから半月以上が経《た》ってしまったけれど、ようやく再び会うことができた。

「……」

一歩踏み出す。

カラカラに渇いた喉の奥から絞り出すように、その名前を声に出す。

俺の声に気づいたのか、彼女はゆっくりと振り返った。

「……！」

こちらを見て驚いたような表情を浮かべる。

それは喜びでもなく、それ以外の感情でもなく、純粋な驚きだった。

どれくらいそうしていただろう。

やがて彼女は何度も目を瞬《しばた》かせると。

きゅっと目を細めて、こう口にした。

「――来ないで、」

向日葵と未来

第四話

1

七月の真っ白で強い日差しが、窓から教室の中へと射《さ》しこんでいた。

机から見渡した視線の先では、クラスメイトたちがいつも通りに楽しそうに騒いでいて、夏休み前のどこか浮ついた空気を醸《かも》し出《だ》している。

「……」

それは普段と変わらない、どこにでもある日常の光景。

夏休み前日の、最後の登校日の朝のホームルーム前の時間。

だけどそんな淡い夏の光に包まれた少しだけぼんやりした眺めを見ていると、全ては夢だったのではないのかと思えてくる。

一度目の夏があんな風に悲惨な結末に終わったことも。

やり直した二度目の夏で安芸宮《あきみや》と心を通じ合わせることができたことも。

そして……

三度目の、この、夏に、……安芸宮、に、拒絶、され、た、こと、も。

「……」

ほんの数日前の出来事を思い浮かべる。

佐伯《さえき》さんとともに『聖樹館女学院《せいじゅかんじょがくいん》』に忍びこみ、途中で色々とアクシデントはあったものの、何とか安芸宮《あきみや》と再会することができた。

二年前と変わらず……でも少しだけ大人っぽくなった、向日葵《ひまわり》のような雰囲気の彼女。

ようやく会えたと思った。

手放しで喜んではもらえなくとも、少なくとも再会を受け入れてもらえるものだと思った。

だけどそんな望みは、粉々に打ち砕かれた。

安芸宮《あきみや》の口から出てきた言葉。

それは……

❀❀❀❀

「──来ないで」

きつく唇を結びながら、安芸宮《あきみや》は強い口調でそう言った。

「……それ以上こっちに近づかないで。お願いだから」

「あ、安芸宮《あきみや》……？」

それは明確な拒絶の言葉だった。

俺とのつながりを否定する、確かな意思。

その予想もしていなかった強い態度に、胸の奥の何かにピシリとヒビが入る音が聞こえたような気がした。

安芸宮《あきみや》は続ける。

「どうしてここに来たの……？　わたし、もう藤ヶ谷《ふじがや》くんに会うつもりはなかったのに……。それにどうしてここがわかったの……？　こうなるのが怖かったから、だれにも言ってなかったのに……」

顔を横に逸《そ》らしてそう口にする。

その目には、明らかに困惑の色が浮かんでいた。

それは確かにそうだ。

安芸宮《あきみや》がここにいることを俺が知ることができたのは、日輪《ひわ》先輩がどうしてかその所在を知っていたからというだけで、それを聞くまでは有力な手がかり一つつかむことはできなかったのだから。

「あ、いや、何ていうか、たまたま知っている人がいて……」

「知っている人……？」

「あ、ああ、高校の先輩なんだけど……」

「……」

俺の言葉を聞きながら怪訝《けげん》そうな表情を崩さない。

思い当たる節はないようだ。

だけど……何であれ、チャンスは今しかない。

たとえ歓迎はされていなくても、こうして再び安芸宮《あきみや》と会うことができて、その真意を問うことができるチャンスは。

「話が……したいんだ！」

俺はさらに一歩前に出て、そう声を上げた。

「安芸宮《あきみや》と俺のこと……どうして別れることになったのか、そのことを安芸宮《あきみや》はどう思っているのか……！　いや、それはたぶん安芸宮《あきみや》の中では答えは出ているんだろうけど……だけどもう一度、安芸宮《あきみや》の口から聞かせてほしい……！」

「……」

「だって……俺はまだ、安芸宮《あきみや》のことが……」

どうにか喉の奥から発することができた俺の言葉に、安芸宮《あきみや》はしばらくの間、答えずにいた。

何かをためらうような、何かに耐えるかのような、迷いの浮かんだ表情。

だけどやがて小さく首を振って、絞り出すようにこう言った。

「……ダメなの」

「え？」

「……藤ヶ谷《ふじがや》くんはわたしといたらダメなの。わたしがいると……藤ヶ谷《ふじがや》くんは、夢を追いかけることができないの……っ……！」

それは予想外の言葉だった。

夢……？

夢って、将来の夢とか、そういうもののことだよな……？　どうして今ここでその単語が出てくるんだ……？

「それって、どういう……」

安芸宮《あきみや》の言葉の意味がわからずにそう問いかけるも、俺の疑問に答えずに安芸宮《あきみや》は続ける。

「ダメだったの……！　何回繰り返しても、ダメだった！　何をしても、わたしがいるせいで……藤ヶ谷《ふじがや》くんはあんな目に遭って……その結果、夢を絶たれた……向日葵《ひまわり》を描くことはなくなってしまった……」

「安芸宮《あきみや》……」

「だから離れるしかないと思った……あんなことをするのはイヤだったけど……せっかくくれた手紙をあんな風にするのは悲しかったけど……でも嫌いになってもらう必要があったから……。だけど……だけど……ただ離れるだけじゃダメだった……」

声を震わせながら胸の前でぎゅっと手を握りしめる。

「わたしが嫌われていなくなるだけじゃ……ただ藤ヶ谷《ふじがや》くんの心に傷を残すだけだった……夢を奪ってしまうことには変わりはなかった……。だからそれだけじゃなくて、藤ヶ谷《ふじがや》くんの傍《そば》にはだれかが……夢を追いかけるだけの、絵を描く想《おも》いの原動力になる、だれかがいないとって思った……」

「……」

「でも今は、美羽《みう》ちゃんがいる……佐伯《さえき》さんだっている……だから藤ヶ谷《ふじがや》くんは……もうだいじょうぶなはずなんだよ。一人じゃないし……夢だってある。新しい毎日を楽しく過ごすことができてる。だからわたしのことなんて忘れて……だれかといっしょになって……夢を叶《かな》えるのがいいんだよ……」

そこで安芸宮《あきみや》は顔を上げて真《ま》っ直《す》ぐにこっちを見ると。

「わたし以外のだれかと、」

きっぱりと、そう口にした。

「……」

安芸宮《あきみや》が何を言っているのかわからない。

言葉の意味も、その向こうにある真意も。

ただわかるのは……確かに俺が拒絶されているということだけだった。

その明確な安芸宮《あきみや》の意思に、俺は言葉を返すことができなかった。

その後は散々だった。

たっぷりしぼられただろう顔の佐伯《さえき》さんとともにさっきの教師がやって来て、結局不法侵入をしたことはバレた。

そのまま危うく通報されそうにもなったが、佐伯《さえき》さんはいちおう正式な手続きを経て中に入っていたこともあって、それだけは免《まぬが》れることができた。

何より……安芸宮《あきみや》が口添えをしてくれた。

「あ、あの、この人たちはわたしの知り合いなんです。昔からの……日だまりに咲く向日葵《ひまわり》みたいに大切な人たち……。だからすみません、できれば大事《おおごと》にしてほしくないです！　お願いします……っ……！」

その一生懸命な説得もあって、俺たちは一時間ほどの説教と反省文の提出だけで済んだ。

やがてそれも終わり、すっかり暗くなった景色の中を、教師たちに連れられて校門をくぐる。

もう二度とこんなことをしないようにと教師にきつく念を押されて、俺たちは聖樹館女学院《せいじゅかんじょがくいん》を後にした。

「……」

安芸宮《あきみや》は、最後まで俺と目を合わせることはなかった。

2

「はぁ……」

机に突っ伏しながら深くため息を吐《つ》く。

もう何が何だかわからなかった。

安芸宮《あきみや》の行方がわかったのはうれしい。

あんな風に拒絶はされたけれど……それでももう一度会ったことも、後悔はしていない。

だけど俺の心の中には、ただただ疑問だけがグルグルと巡っていた。

どうして安芸宮《あきみや》はあんなことを言ったのか。

自分といっしょにいると、俺は夢を追えなくなるというのはどういうことなのか……

確かに安芸宮《あきみや》との一件があって……一度は夢を追うことはできなくなった。

絵を描くことができなくなった。

だけど二度目の夏では安芸宮《あきみや》と想《おも》いを通じ合わせることで、俺は再び絵を描くことを、夢を追うことができるようになったはずだ。

むしろ安芸宮《あきみや》の存在は夢を追うための原動力になっていたと、ハッキリと言うことができる。

それなのに……まるで自分が原因で俺が夢を諦めなければならなくなることが決まっているかのように安芸宮《あきみや》は言った。

（それだけじゃない……）

『何回繰り返してもダメだった！　何をしても、わたしがいるせいで……藤ヶ谷《ふじがや》くんはあんな目に遭って……その結果、夢を絶たれた……』

安芸宮《あきみや》は確かにそう言った。

何回繰り返しても。

それはただの比喩かもしれない。

俺が考えるような深い意図なんてそこにはないのかもしれない。

だけどあれじゃあ、まるで……


「もー、だから言わんこっちゃない」


「……？」

と、そこで背中を叩《たた》かれて、俺の意識は思考の淵《ふち》から引っ張り上げられた。

顔を上げると……そこにあったのは両手を腰に当てた美羽《みう》の姿。

「やっぱこうなっちゃったじゃん。フジっち、ずっと難しい顔して落ちこんでる。ぜんぜん笑わないよ」

「それは……」

「あの日から――聖樹館《せいじゅかん》に行った日からずっとそうだし。ヒワヒワ先輩のとこにも行ってないんでしょ？　何があったのかは知らないし、訊《き》くつもりもないけど……だからやめといた方がよかったのに……」

「……」

力なく視線を返す俺を見て、美羽《みう》が息を吐きながらそう口にした。

その瞳には、心配の色がありありと浮かんでいる。

「だってフジっち、その、前にアキっちと別れた時もそうだったじゃん。めっちゃ落ちこんで、今にもどっかに行っちゃいそうな顔をしたまま一言も話してくれない日が一ヶ月くらい続いて……。あの時だって、あたし、すっごい心配したんだから。……アキっちとの関係、どっちに転んでもあたしとしては複雑だったけど……でもやっぱフジっちが落ちこんでるのを見る方が……ヤだよ」

「美羽《みう》……」

「……」

きゅっと制服の裾を握りながら寄り添ってくる。

その真《ま》っ直《す》ぐな表情と口調から、美羽《みう》が心から本当に心配してくれていることが痛いほど伝わってきた。

しばらくの間、そのまま美羽《みう》は動かなかった。

握られた手の先から美羽《みう》の気持ちが流れてくるようで、少しだけ温かい気持ちになる。

教室の喧噪《けんそう》がどこか遠くに聞こえる。

窓の外に見える青空が、やけに澄んだ色に見えた。

たぶん、丸々一分くらいそうしていたと思う。


「――決めた！」


「え？」

ふいに勢いよく声を上げて、美羽《みう》がそう言った。

「もうこうなったらあたしがフジっちを元気にする！　アキっちじゃなくて、あたしが！　ここから夏休みの間は、ヤなことは忘れてとにかくぱーっと遊ぼ？　遊んで遊んで遊んでキリギリスになるくらい！　チヒロっちもいっしょに！　高校一年の夏休みは一回しかないんだから、楽しまないとソンだって！」

俺の両手を握ってぶんぶん振りながらそう言ってくる。

それは実に美羽《みう》らしい結論だった。

「いいっしょ？　ていうかダメとか言わせないから！　フジっちは黙ってあたしについてくること！」

大きくうなずいてそう顔を近づけてくる。

周囲をふわりと美羽《みう》の甘い香りが漂って。

その目の奥に光をたたえた表情からして、俺にはもう拒否権はないみたいだった。

「ん、二人とも何してるの？」

と、そこで登校してきた佐伯《さえき》さんが俺たちを見て不思議そうな顔をした。

「今ちょうどフジっちの夏休みの予定が全部埋まったとこ！　チヒロっちにも付き合ってもらうからね！　おっけー？」

美羽《みう》の言葉に、佐伯《さえき》さんは一瞬だけ目をぱちぱちとさせるものの。

「んー、なんかわかんないけど、藤ケ谷《ふじがや》がちょっと元気になったならいい……のかな？　いいよ、付き合う付き合う！」

すぐに笑顔になって、そう答えた。

「決まり！　それじゃあ明日から高校一年の夏をめいっぱい倒れるまで楽しむぞ〜！」

美羽《みう》と佐伯《さえき》さんが「おー！」と勢いよく手を上に突き上げて。

こうして押し切られるままに、夏休みは美羽《みう》と佐伯《さえき》さんと過ごすことになったのだった。

3

そうして始まった夏休みは、初日からフル稼働《かどう》だった。

朝起きたら美羽《みう》から来ていたメッセージ。

『今日は海に行くよ～！　水着とか必要なものを持って八時に駅前に集合！　遅れたらその日の飲み物全部おごりだからね』

まさか本当に翌日から誘いがくるとは思わなかった。

いきなりの呼び出しに慌てて支度をして駅前に行くと、美羽《みう》と佐伯《さえき》さんはもう来ていた。

「遅いよー、フジっち！」

「むむ、初日から遅刻なんて、夏休みをなめてるな、藤ヶ谷《ふじがや》」

二人そろって腰に手を当てながらそんなことを言ってくる。

「いやギリギリ三分前なんだけど……」

「えー、遊びに行く時は三十分前行動が基本っしょ？」

「そうそう。私たち、ちゃんと一時間前から来てたよ？　夏休みは遊びじゃないんだぞー」

そういうものなのか？

いや確かに陽キャはこういうイベント事にはやたらと早く集まっている印象だけど……

いまいち釈然としないものを感じつつ、二人とともに向かったのは、電車に一時間ほど乗った先にある海岸だった。

この辺りでは有名な海水浴場で、ピーク時にはそれこそ文字通り芋洗いのようになるという話だ。

とはいえまだ夏休み初日で、かつ時間も比較的早いということもあって、そこまで混雑してはいないようだった。

「んじゃあたしたちは着替えてくるね。フジっちは場所取りよろしく！」

「私たちの水着を楽しみに待ってるといいよー」

「ああ、了解」

そう言って、美羽《みう》と佐伯《さえき》さんは海の家がある方へと歩いていった。

そんな二人を見送り、適当に場所を確保してレジャーシートを敷きながら、何となく周りを見渡す。

グループで来ている男女の集団、パラソルの下で仲良くしているカップル、楽しげな家族連れ。

海水浴に来るのなんていつぶりだろう。

一度目の夏ではそんなものとは無縁だったし、二度目の夏も過去を変えるのに必死でそれどころではなかった。

おそらく最後の記憶は小学生の時に家族で行ったものなので……体感的にはおよそ十年以上ぶりということになる。いやそれもそれで色々どうかとは思うけれど……

そんなことを考えていると。

「──お待たせ、フジっち！」

美羽《みう》たちが着替えを終わらせて戻ってきたようだった。

声をかけられて見上げてみるとそこには……

「お……」

「どうどう、よくない？」

「ふっふっふ、かわいいでしょー？」

満面の笑みを浮かべながら水着を見せてくる。

美羽《みう》は少しだけ攻めた赤いビキニ、佐伯《さえき》さんはスタンダードな黒のワンピース。

それぞれのキャラによくマッチしたもので、端的に言って、二人ともとてもよく似合っていた。

「うん、すごいいいと思う」

「マジでマジで？　やったね！　そう言ってもらえれば、チヒロっちといっしょにめっちゃ選んだ甲斐《かい》があったっていうか！」

「ね？　夏休みに入ったら絶対に藤ヶ谷《ふじがや》を連れて海に来ようと思ってたから、気合い入れて選んだんだよねー。お店を五軒ハシゴしてやっと気に入るのが見つかったくらいだし」

そんなことをしていたらしい。

どうやらあんなことを言い出す前から二人とも海に行く気まんまんだったみたいだ。

それから三人で、海水浴を心ゆくまで楽しんだ。


「あはは、砂が熱い！　早く海の中に行こうよ！」

「この足の裏を砂がさらっていく感触、いいよねー。なんかマッサージみたい」

「あ、それわかるかも。──って、ほら見て見て、フジっち、チヒロっち！　魚がいる！」

「ほんとだ。なんだろ、カツオ？」

「わかんないけどおいしそうじゃん？　とれないかな？」

「いやさすがにそれは無理じゃ……」

「とれた！」

「とれるの⁉」

ビチビチと元気よく動くアジらしき魚を手づかみでゲットした美羽《みう》に驚いたり。

「ねえねえ、フジっち、日焼け止め塗ってくれない？」

「え？　いや、そういうのは佐伯《さえき》さんにやってもらえば……」

「うーん、残念だけどそれは無理かな」

「？　何で？」

「だって私も藤ヶ谷《ふじがや》に塗ってほしいから♪」

「……」

「ほらほら、早く～」

「もう水着のヒモ、解いちゃったよー」

「……わかったって」

「ん、じゃあよろしくね。──お、うまいうまい。さすがフジっち」

「うんうん、藤ヶ谷《ふじがや》は昔からこういうの器用だよねー」

「それはどうも……」

「でもちょっと丁寧すぎるかも？　フジっちとあたしの仲だし、もっとばーっと遠慮なしで塗ってくれていいってば」

「そ、そうは言われてもな……」

「えー、もしかして照れてる？　あはは、藤ヶ谷《ふじがや》もかわいいところあるんだねー」

「ぐ……それなら後悔するなよ」

「え？　……って、な、なにこれ……き、気持ちいい……」

「ちょ、ちょっと藤ヶ谷《ふじがや》……!?　その手つきなんなの……!?　え、やば……あ……っ……」

一度目の経験で培《つちか》った塗りさばきで二人を骨抜きにしたり。

「いただきまーす。うーん、やっぱり海水浴って言ったら海の家でかき氷だよねー」

「チヒロっち、こういうアイス系が好きだよね。いっつも食べてない？」

「え、だっておいしいじゃん。アイスはすぐ溶けてなくなるからカロリーも気にしなくていいし。──あ、藤ヶ谷《ふじがや》のブルーハワイもひと口ちょうだい」

「いいけど、かき氷のシロップは色が違うだけで全部同じ味らしいぞ？」

「もー、そういう夢のない話はいいの。ただ色々食べ比べたいだけなんだから」

「まあ、そう言うなら……」

「あ、チヒロっちばっかりずるい！　あたしもあたしも！　あーん！」

「あ、こら、私が先だって！　あーん！」

「わ、わかったから、順番に……！」

横から強引に食らいつこうとしてきた美羽《みう》と、それに先んじてひと口いただこうとする佐伯《さえき》さんをなだめつつ、海の家でかき氷を食べたり。

「はー、落ち着く……天気はいいし、暑いけど風はいい感じだし、お昼寝したら気持ちいいだろうなあ……」

「ね？　波の音が子守歌みたいっていうか……」

「寝るのはいいけど、あんまり無防備になるのは……」

「だいじょぶだいじょぶ、何かあったらフジっちが守ってくれるでしょ？」

「そうそう、王子様みたいに♪」

「それはそうだが……」

「なら問題なし。お姫さまたちは寝るし」

「うん、万事オッケー」

「まあいいけど……」

日光浴をしながら砂浜でのんびりと過ごしたりと。

それはどこまでも夏らしく、どこまでも平和な時間だった。

そうして瞬《また》く間《ま》に時間は過ぎていき——

「は〜、楽しかったね！　ちょー海満喫した！」

「ね？　もっと遊びたかったなー」

ガタンゴトンと揺れる電車のリズムに合わせて、両サイドから美羽《みう》と佐伯《さえき》さんがそんなことを口にする。

帰りの電車の中だった。

オレンジ色に染まる車内で、俺を真ん中に挟むかたちで左に美羽《みう》、右に佐伯《さえき》さんが座っている。

俺たちはたっぷり夕方まで海水浴を楽しんで、帰る頃にはすっかり日も傾いていた。

「水着はばっちり披露できたし、いい感じに日焼けもできたし、かき氷もおいしかった！　あ、最後のあれも楽しかった！　波打ち際《なみうちぎわ》で砂に文字を書くやつ」

「あー、書いた内容が三回波が来るまでに消えなかったら、願いが叶《かな》うっていう……」

「そうそう。あたし、『世界征服！』って書いたんだけど、秒で消えてたし……」

「や、まあそれは……」

願いの内容がアレというか。

ちなみに俺が書いた『日日是好日』も、二回目の波で惜しくも消えていたのだった。

「そういえばチヒロっちも帰る時になんか書いてたね」

「！」

「あれ、なに書いてたの？」

「あ、あれは別になんでもないんだよ！　気にしないでいいから」

「？」

「……べ、別に、『初恋が少しは進展しますように』とか、書いてないし……」

ぼそぼそと聞こえないような声でつぶやく佐伯《さえき》さん。

そんなやり取りをしているうちに、やがて電車はいくつも駅を通り過ぎていき、車窓から見えていた海の景色も遠ざかっていく。

「……」

「……」

と、気がついたら両サイドが妙に静かになっていた。

「？」

同時に、両肩に重みを感じる。

「すー……すー……」

「むにゃ……むにゃ……」

美羽《みう》と佐伯《さえき》さんが、もたれかかるようにして俺の肩で寝息を立てていた。

今日一日動きっぱなしだったから、さすがに疲れたのだろう。

かくいう俺も、さっきからずっと睡魔に襲われていた。

最寄り駅に着くまでまだ三十分以上あるので、少しくらいなら寝ても大丈夫だろう。

スマホのアラームをセットして、俺も眠りの海に落ちていったのだった。


また別の日には、三人に朱里《あかり》を加えて、買い物に行った。

「今日はよろしくお願いします、美羽《みう》先輩！　あと千紘《ちひろ》先輩も！」

「うん、よろしくね、アカリっち」

「よろしく、朱里《あかり》ちゃん。でも知らなかったなー、藤ケ谷《ふじがや》にこんなかわいい妹がいたなんて」

「えへへ、よく似てないって言われます」

「おい……」

「まあまあ、こーんなかわいい女子三人に囲まれてお出かけできてるんだから、お兄ちゃん、幸せでしょ？　だったら細かいことは気にしない気にしない」

「三人ってお前も入ってるのか……」

「そりゃそうでしょ？　千紘《ちひろ》先輩もそう言ってくれたんだし」

「……」

まあ、兄妹《きょうだい》の贔屓目《ひいきめ》を抜いても、朱里《あかり》はそれなりに整った顔立ちをしているとは思う。一度目の時も中学高校とだいぶ人気はあったみたいだし。

「それに、ふふー♪」

「な、なんだよ……？」

「お前もってことは、美羽《みう》先輩と千紘《ちひろ》先輩がかわいいっていうのは、お兄ちゃんも認めてるってことだよねー？」

「それは……」

普段口に出すことはないが、そこは当然認めているというか。

美羽《みう》は道を歩いていれば十人中十人が振り返るレベルであることは言わずもがなだし、佐伯《さえき》さんだってタイプが違うだけでぜんぜん引けを取らない。

その……二人とも、かわいいと思う。

そんな俺の内心を見透かしたかのように、朱里《あかり》はにやにやとした顔で「むふふー♪」と笑っていた。

そこからは、四人で色々な店を回った。

「お、これかわいい。よくないこのワンピース」

「ね？　朱里《あかり》ちゃんにも似合うんじゃない？」

「え、そ、そうですか？」

「うん、よかったら試着してみ？」

「は、はいっ！」

様々な夏服を手に取りながらの、女子トーク。

時折試着した服の感想を求められることもあったものの、基本的には三人で服を選びながら終始楽しそうにしていて、あまり俺の入る余地はなかった。

「うん、やっぱこれがいいかな。アカリっちに似合ってる」

「ほんとですか！」

「そだねー。いい感じかも。あ、いいこと思いついた。じゃあこれ、色違いのをみんなでおそろいで買わない？」

「え、い、いいんですか！」

「うん。美羽《みう》もそれでいいよね？」

「もちろん！」

「わー、美羽《みう》先輩と千紘《ちひろ》先輩と同じ服……」

とはいえ美羽《みう》も佐伯《さえき》さんも楽しそうだったし、朱里《あかり》のやつも見たことのないような笑みを浮かべていたので、まあたまにはこんな一日があってもいいのかもしれない。

微笑《ほほえ》ましい目で三人のやり取りを見つめていると。

「ん、なに見てんの、お兄ちゃん」

「いや、今日は朱里《あかり》も楽しそうでよかったと思って」

「はぁ？　なにその上から目線。別にお兄ちゃんがいっしょだったから楽しかったわけじゃないし。美羽《みう》さんと千紘《ちひろ》さんがいてくれたおかげなんだからね。お兄ちゃんなんてマツタケの群生地にくっついてるトキイロラッパタケみたいなもんだし」

「……」

……いや、本当に一日で十分だけれど。

それ以外に、美術室に集まって、絵を描くこともあった。

「へー、これが藤ケ谷《ふじがや》が描いてる美羽《みう》の絵かー」

「どうどう？　いい感じっしょ？」

イーゼルに置かれた自分の絵を指さしながら美羽《みう》が胸を張る。

「うん、割とお世辞抜きでほんとにいいかも。なんかちょっとうらやましいっていうか、私も描いてほしくなってきちゃったよー」

「えー、だめだめ、今はあたしのターンなんだから。あたしのが最後まで描き終わったらいいけど」

「はーい、じゃあ今はガマンしまーす」

「ならよろしい」

手を上げる佐伯《さえき》さんとうんうんとうなずく美羽《みう》。

知らない内に次は佐伯《さえき》さんの絵を描くことが決まっていたのはさておくとして、絵を描く準備を始めていく。

「じゃあやろっか、フジっち」

「ああ、今日もよろしく」

「任せて！　よろしくされたから！」

「あ、私は適当にゲームでもやってるから、気にしないでいいよー」

部屋の隅にあったイスに座ってスマホを取り出す佐伯《さえき》さんを横目に、作業を始める。

「……」

この時間は、不思議と筆が進んだ。

夏休みに入る前は下描きだった美羽《みう》の絵は、今はもう色付けに入っている。

おそらく夏休みが終わる前には描き終わるんじゃないか……そう思えるくらいの進み具合だった。

——そんな夏休み。

美羽《みう》と佐伯《さえき》さん（と時々朱里《あかり》）たちと過ごす、賑《にぎ》やかで楽しい時間。

思えばここまで夏休みというものを満喫したのは初めてだった。

一度目の時はただただ磔《はりつけ》にされた手紙と安芸宮《あきみや》のことを考えて鬱々と過ごすだけだったし、二度目の時は夏休みに入る前に未来へと戻ってしまった。

なのでこんな風に笑って過ごせる夏休みは、これが初めての体験だ。

他に何も考えずに夏を謳歌《おうか》するのは確かに楽しくて、その間は安芸宮《あきみや》のことを忘れていられたと思う。

そういう意味で、美羽《みう》の気遣いはありがたかった。

正直、今は……遊ぶなり何なりをしていた方が気が紛れる。

安芸宮《あきみや》のことをどうするにしても――もう一度会いに行くにしても、あるいはこのまま諦めるにしても――もう少し心を整理する時間が必要だった。

そんな風に緩やかに夏休みは過ぎていき、やがてカレンダーは八月へと入り、よりいっそう周囲の空気は夏を帯びてきたある日。

「あのねあのね、あたしさ、これ行ってみたいんだ」

「……？」

美術室で絵を描いた帰り道。

いつもの分かれ道のところで、そう言いながら美羽《みう》がスマホを見せてきた。

そこにあったのは、お祭りのページだった。

近くの神社で行われる、夏祭りのお知らせ。

「ね、いいでしょ？　やっぱ夏って言ったらお祭りは外せないマストなイベントだし。それにほら、花火もやるんだって。楽しそうじゃない？」

「お祭りか……」

確かに夏と言えば外せないイベントだ。

提灯《ちょうちん》、屋台、祭り囃子《ばやし》。

金魚、リンゴ飴、射的。

楽しげな情景が頭に浮かぶ。

それらに紛れて、一瞬だけ……ほんの一瞬だけ、二度目の時に安芸宮《あきみや》と行った夏祭りが頭をよぎるも、すぐに振り払う。

「ん……いいんじゃないか。楽しそうだ」

「やった！　じゃあ決まりっ」

ぴょんぴょんと飛び跳ねて美羽《みう》が喜ぶ。

こんなに喜んでくれるのを見ると、それだけで少し嬉《うれ》しくなってしまう。

「開催日は来週か。じゃあ佐伯《さえき》さんにも連絡して、当日の集合時間とかを決めようか」

「……」

「美羽《みう》？」

返事がない。

見るといつの間にか飛び跳ねるのをやめて、何かをうかがうようにこっちを小さく見上げている。どうしたんだ？

「あ——あのね」

「？」

「え、ええとね……」

遠慮がちな声。

少しの間、そのまま何か言いたげにその場で視線をあちこちにさまよわせていた。

だけどすぐにこっちに向き直ると。

目をぎゅっとつむって、美羽《みう》はこう言ったのだった。

「……お祭りなんだけど、二人で行きたいな。フジっちとあたしの二、、、人、、だ、け、で」

4

神社の境内はたくさんの人で賑《にぎ》わっていた。

金魚すくいや射的、焼きソバや焼き鳥、綿菓子やリンゴ飴《あめ》などの様々な屋台が軒を連ねる中で、それこそひしめくほどの数の人たちが楽しげな表情で歩いている。

普段とは違う、特別な晴れの日の空気。

そんなどこか浮かれた雰囲気の中……俺は待ち合わせ場所である神社の入り口付近で美羽《みう》が来るのを待っていた。

「遅いな……」

時刻は午後七時過ぎ。

待ち合わせ時間を三分ほど回ったところだ。

他の相手だったらぜんぜん気にするような時間ではない。

だけど美羽《みう》はこういったイベントでは絶対に遅刻はしない。

これまで遊びに行った際にも、本当に毎回三十分前行動を遵守していた。

その美羽《みう》がまだ来ていない。

連絡もないし、さっきからメッセージを送ってはいるが返事はない。

「何かあったのか……？」

気になったので、少し近くを探してみることにした。

もしかしたら何かトラブルにでもあって、遅刻しているのかもしれない。

神社の周辺を適当に歩き回ってみると、その予想が外れていなかったことがすぐに判明した。

「だーかーらー、あたしはこれから待ち合わせだって言ってるっしょ!」

「!」

美羽《みう》の声だ。

聞こえてきた方へと急いで向かってみると……

「まあまあ、そんなこと言っても相手いないじゃん」

「そうそう、そんな来るかわかんない相手を待つよりおれたちと遊んだ方が楽しいって。いい屋台があるからさ」

「昆虫食好きのセンパイから聞いたんだけどさ、野食屋台って言って、ザリガニとかタガメとかが食べられるらしいぜ? 楽しそうじゃね?」

「は? ぜんぜん楽しそうじゃないし」

神社から少し離れた暗がりで、美羽《みう》が大学生らしき男たちに囲まれて押し問答のようなことをしているのが目に入った。

そうだった。

そういえばここのところは佐伯《さえき》さんといっしょに行動することが多かったので忘れていたが、美羽《みう》は単独で歩いているとほぼ百パーセントの確率でナンパに引っかかるんだった。

「じゃあその相手が来るまででいいからさ。絶対退屈させないから」

「ほら、行こうぜ」

「ウシガエルの唐揚げとソウシハギのフライがおれたちを待ってるって」

なんかどこかで聞いた覚えがあるようなヘタクソな誘い文句だ……

それはともかくとして、早く美羽《みう》を助け出さないと。

急いで近づくと、俺は声をかけた。

「美羽《みう》」

「あっ……」

俺の姿を見ると、美羽《みう》はぱあっと表情を輝かせた。

「フジっち！　あ、もうこんな時間……！　ごめんね、こいつら、しつこくて」

「いいって。それより大丈夫か？」

「だいじょばなかったけど、今だいじょうぶになった！」

そう嬉《うれ》しそうに言うと俺の横にやってきて腕をつかんでくる。

そのまま流れでその場から立ち去ろうとするも、さすがにそうはいかないみたいだった。

「おい、ちょっと待てって！」

「その子とは今おれたちが話してるんだよ！」

「だれだよおまえ！　野食ハンターのつもりかよ！」

大声でそうがなりたてられながら肩を強くつかまれる。

なんか二度目の時もこんなやり取りをしたような気がする。

「だれって、俺はこの子の待ち合わせの相手だよ」

その言葉に男たちが渋い顔になる。

「ぐ……ほんとにいたのか。……ちっ、しかもイケメンかよ」

「むかつくな。てかさ、いい気になってね？　王子様のつもりか」

「待ち合わせに遅れてくるアメリカオオナマズみたいなやつにこんなかわいい子と遊ぶ資格はねぇだろ。なあ、お兄ちゃん。ここはおれたちに譲ってくんない？」

やっぱりどこかで聞いたような台詞《せりふ》とともに、肩に込めた手にさらに力を入れてくる。はぁ、しょうがない……

心の中でため息を吐《つ》くと、俺は肩をつかまれた手を握り返して、引き剝がした。

「ぐ、なんでだ、手が……いてててて……!?」

「な、なんだこいつ……ぜんぜん強そうに見えないのに」

「そういえばセンパイたちが、前にヘンなイケメンにやられたって……」

「え、もしかしてこいつが……？」

珍獣を見るような目で見てくる。

ヘンなイケメンっていうのは……俺のことなんだろうな、きっと。

「悪いけどこれからお祭りに行くんだ。これ以上はやらせないでくれ」

男たちを牽制《けんせい》するために、少しだけ強い言葉で言う。

それが効いたのか。

「お前のヘンなイケメン面《づら》は覚えたからな……！」

「お、覚えとけよ！　次に会ったら絶対やってやるからな……！」

「せいぜい川の近くを歩く時にはカミツキガメに食いちぎられないように気をつけるんだな……！」

そう言って、男たちは逃げるように走り去っていった。

捨《す》て台詞《ぜりふ》までどこかで聞いた覚えがあるのは……もう気にしないことにする。

男たちが視界から完全に消え去ったのを確認して、美羽《みう》を見る。

「ふう……」

「大丈夫だったか？」

「うん、フジっちが助けてくれるってわかってたから」

そう言いながらにっこりと笑う。

その完全にこちらを信頼している笑顔に何て答えていいかわからなくなってしまう。まぶしすぎるというか……

「んんっ」

と、そこで咳払《せきばら》いをしながら美羽《みう》がちらちらとこっちを見ているのに気づいた。

やっぱり何か大丈夫じゃないことがあったのかなどと一瞬心配するものの、くるくると回りながら全身を見せてきたので、すぐにその意図に気づいた。ああ、そうか……

同じく一度咳払《せきばら》いをすると、俺は言った。

「浴衣《ゆかた》、似合ってる」

「あ……」

「花火柄、いいな。アクティブな感じが美羽《みう》らしいっていうか。アップにした髪も合ってる」

「わかってくれる？　そうそう！　やっぱ浴衣《ゆかた》ならこれだと思ってさ！」

再びその場でくるりと回りながらうれしそうに笑う。

白地に水色の花火柄が映えている涼しげな浴衣《ゆかた》。

その際に背中からのぞくうなじが見えて、少しだけドキリとした。

と、そこで美羽《みう》がこっちを見ながらさらににこにこしていることに気づいた。

「？」

「んーん。フジっちはちゃんと気づいてくれるんだってうれしくて」

「いやそれは……」

「フジっちは別にすごいことしてると思ってないかもしれないけど、ふつーはなかなかできないもんなんだよ？　だってそれってあたしのことをちゃんと見てくれてるってことじゃん。それだけで女の子的には150点満点なんだから♪」

「……」

そういう女子の心理は、一度目の経験から知っていた。知っていたけれど……だけど、今、美羽《みう》の浴衣《ゆかた》が似合っていると口にしたのは、そんな小賢《こざか》しい理由からではなく、本当に自然とそう思うことができたからだった。

「あー……じゃあ行くか」

「うんっ♪」

少し気恥ずかしさを隠すようにそう言うと、自然に隣に並んできた美羽《みう》とともに、三度目の夏祭りへと向かったのだった。

夏祭りはこれ以上ないくらい盛況だった。

境内は外から見ていた以上に混雑していて、並んで歩くのにもなかなか難儀する。

「うっわ、すごい人」

辺りを見回して、美羽《みう》がそう声を上げた。

「お祭りってこんなに人が集まるもんだっけ？　セール会場みたい」

「そうだな、花火が始まる頃になるともっと多くなるかもしれない」

「マジかー」

「ああ」

前に来た時にそうだったから、という言葉は出す寸前で呑《の》みこんだ。

「あ、じゃあさ」

「？」

「はぐれないように、こうしとこ？　──えいっ♪」

そう口にすると、美羽《みう》は身を寄せながらぎゅっと腕を絡《から》めてきた。

「これなら絶対離れないっしょ？　抱っこちゃん、みたいな？」

こっちを見上げてにかっと笑う。

たとえが古いのはさておき、確かにそうした方がよさそうだった。

「それじゃあ楽しそうなの片っ端から回ってこうよ。こういうのは数で攻めるのが基本なんだから」

「わかった、了解」

「じゃあまずはあそこ行ってみよっか」

そう言って美羽《みう》が向かったのは、綿菓子の屋台だった。

中央に筒状のものが置かれた鍋のような機械から、屋台の人が割り箸に糸を絡《から》め取るようにして作っている。

「すみませーん、一つくださーい。いっしょに食べよ、フジっち」

「え、いや、自分の分くらい買うから……」

そう言いかけた俺を、美羽《みう》がぴっと人差し指を立てて止める。

「いいのいいの。こういうのは二人で一つを食べるのがいいんだから」

「そういうものなのか？」

「うん、そういうものなの。というわけで、一つくださーい」

楽しげにそう言って、屋台の人に再度注文する。

「はいよ、一つ。お嬢ちゃんの浴衣《ゆかた》かわいいから、ちょっとだけおまけしておいたよ」

「え、ほんと？　やった！　ありがとね、おじさん！」

ぴょんぴょんと飛び跳ねて喜ぶ美羽《みう》。

「いいっていいって。大きいから人にぶつけないように気をつけなよ。カレシと二人で分けるのかい？　いいねぇ」

「え？」

俺の方を見ながらそんなことを言ってくる。

「へへ～、どうでしょう。でもおまけしてくれてありがと！」

そう元気よくお礼を言って屋台から離れる。

と、歩きながら美羽《みう》がにこにこと満面の笑みを浮かべていることに気づいた。

「？　どうしたんだ？」

「え〜、だってカレシだって。へへ〜、フジっちとあたし、そういう風に見えるのかな？」

「それは……」

お祭りに二人で来ている男女ということで、そう見られるのはおかしなことじゃない。

たとえそこまではいっていなくとも、限りなくそれに近い関係だとは思われるだろう。

……一度目と二度目の夏に、安芸宮《あきみや》と来た時にそう見られたように。

「……」

「フジっち？」

「え？　あ、ああ、何だ？」

「？　綿菓子、食べようと思って。というわけで、ほら、フジっち、あーん」

再び楽しげにそう言うと、美羽《みう》は綿菓子を差し出してきた。

「う……やっぱりそれなのか」

「そうそう。いいかげん慣れたっしょ？」

それはその通りだった。

もう美羽《みう》といる時は「あーん」は避けて通れないのだと観念して口を開ける。

「──うん、うまいな」

「でしょでしょ？　やっぱりお祭りって言ったら綿菓子だよね。これは外せないし」

そう言って美羽《みう》も綿菓子を口に運ぶ。

ふわふわとした綿菓子の白い糸が夜の薄闇に溶けて、まるで最初から何もなかったかのように消えた。

そのまま左右の屋台を眺めながら、人の声で賑《にぎ》わう境内をさらに歩いていく。

「次はどれがいいかなー。射的で片っ端から打ち落とすのもいいし、せっかくのお祭りなんだから水風船とかもやっておきたいし、渋いところで型抜きとかもありだしなー」

辺りを見回しながらそう言う。

「美羽《みう》は食べ物とかよりもそっち系が好きなんだな」

「えー、だってそれはやっぱなにか自分でやることの方が面白いもん。食べるのもいいけど体型は維持しなきゃだから量は抑えないといけなくて逆に欲求不満になるし――あ」

と、そこで何か見つけたのか美羽《みう》が足を止めた。

視線の先にあったのは、赤や黒、金などのたくさんの金魚たちが泳ぐ小さなプール。

「ね、ね、金魚すくいやっていい？　どっちがたくさん取れるか勝負しようよ」

「いいけど、俺はけっこう上手《うま》いぞ？」

「お、言ったなー。実はあたしも自信あるんだよね。じゃあ負けた方が勝った方の言うことを何でも一つ聞くっていうのはどう？」

「オッケー、受けて立つ」

そううなずき合って二人でプールの脇に座りこむ。

美羽《みう》には悪いが、俺には自信があった。

金魚すくいは、陰キャ時代にせめて何かで目立てないか思案した結果、これしかないと特訓をした経験がある。

少なくとも五匹を下回ることはないはずだ。

そんな勝算とともに臨んだ勝負だったのだけれど……

——五分後。

「あたしの勝ち！」

「……」

「まあフジっちもけっこうがんばったと思うよ？　うんうん。さ、お願い、なににしよっかなー♪」

楽しげな声で、金魚がみっちり詰まった容器を見せてくる。

「ぐ……」

これでも俺は六匹取ったのだけれど、美羽《みう》の容器に入っている金魚の数はその軽く倍以上だった。すごいな……

ちなみに美羽《みう》は、取った金魚の中の一匹を持ち帰るみたいだった。

「うん、よし、きみに決めた！　きみは今日からうちの子で、『レッドクリムゾン』だから！」

「いいのか？」

「え？」

「ほら、こういうところの金魚って、あんまり長生きしないイメージだから……」

持ち帰るのはともかく、名前まで付けてしまっては愛着が湧いてしまわないだろうか。

だけど美羽《みう》は大きくうなずいて。

「うん、今日の記念だし！　それにあたし、意外とこういう生き物の世話は得意なんだよ？

だから絶対長生きするに決まってるから」

そう言い切って大切そうに金魚の入った袋を見つめる。

袋の中で金魚――『レッドクリムゾン』が少しだけうれしそうに跳ねたように見えた。


その後も、色々な屋台を回った。

「お、射的だ！　やっていい？」

「ああ、もちろん」

「やった！　あ、じゃあ腰のところを支えててくれる？」

「え？」

「ほら、このままじゃふらふらして狙いが定まらないでしょ？　だからお願い」

「……こうか？」

「あ、もっと強めがいいかな。なんていうか、後ろからぐっと抱きしめる感じ？」

「……これでどうだ？」

「もう一押し！　そのままバックドロップするくらいの勢いでぎゅってしてくれちゃっていいから」

「バック……こ、これくらいか？」

「あ、それでおっけ。さんきゅ！　――よーし、しっかり狙いをつけて……やった、一気に三つ落ちたし！」

「あー……よかったな」

　ほとんど後ろからハグをしているような体勢で射的をやったり。

「んー、あそこのあれがいいな。あの赤いやつ。……あ、ダメだ。こよりが切れちゃった」

「水風船はコツがあるんだ。こうやって、風船とゴムがつながってるところを狙って……」

「お、フジっち、うまい！　プロだ！」

「昔、朱里《あかり》に取ってやったりしてたから慣れてるだけだって。ということで、これ」

「え、くれるの？」

「ああ、これがよかったんだろ？」

「……！　もうこれだからフジっち、好き！」

「わ、だ、抱きつくなって……！」

水風船の屋台で今度は正面からハグされたり。

「これ、なかなか難しいな……」

「お、フジっち、型抜きははじめて？」

「ああ、話では聞いてたんだけど……」

「よしよし、じゃあ美羽《みう》せんせーが教えてあげよっか？　あのね、これはコツがあるんだよ。余分なところをまず指で取っちゃうの。画鋲《がびょう》じゃなくて指と爪でね」

「あ、やりやすくなった」

「でしょ？　あとは一気に抜こうとしないで、少しずつコツコツ割っていけばおっけー」

「なるほど、サンキュ」

「ふふ、どういたしまして」

型抜きで美羽《みう》の意外な特技を垣間見たり。

「ん、あの子、どうしたんだろ？」

「？」

「ほら、あそこの女の子。きょろきょろしてるっていうかだれか探してるみたいっていうか
……あ、泣いちゃった。迷子だよ、きっと！」

「あ、美羽《みう》」

「だいじょぶ？　お母さんたちとはぐれちゃったん？」

「……う、うん……ぐすっ……」

「そっか。おねーさんたちに任せといて。すぐ見つけたげるから。ね、フジっち？」

「ああ」

途中で迷子の女の子を見つけて、両親を探して送り届けたりもした。

楽しかった。

美羽《みう》はいつだって真《ま》っ直《す》ぐで前向きで、笑ったり喜んだり怒ったり表情がくるくると変わって、いっしょにいて飽きない。

それだけじゃなくて、周囲への気遣いや思いやりも欠かさない。

見た目こそギャルなので少し敬遠されがちなところもあるけれど、中身は明るくてやさしくて面倒見がよくて、そして少しだけ子どもっぽいところもある普通の女子なのだ。

きっと、美羽《みう》と付き合ったら毎日が楽しいに違いない。

楽しくて、どんな時も笑顔があふれていて、そしてそれは周りも巻きこんでどんどん賑《にぎ》やかな空気を作っていって……

現に、二度目の未来ではそうだった。

二人で住んでいたあの部屋の様子や、美羽《みう》が向けてくれていた表情から、それはわかる。

わかるのだけれど……

「……」

なのに……

どうしてだろう。

ふとした瞬間に、安芸宮《あきみや》の姿が頭の中でフラッシュバックする。

それは夜の帳《とばり》の中にあってもなお鮮やかに色づく向日葵《ひまわり》のように、黄色い輝きが瞬《またた》いて消えてくれない。

何度も振り払おうとした。

だけど楽しげなお祭りの風景の中に、安芸宮《あきみや》との思い出が浮かんでくるのだ。

浴衣《ゆかた》を着て楽しそうに笑っていた安芸宮《あきみや》。

リンゴ飴《あめ》をおいしそうに口にしていた安芸宮《あきみや》。

射的でお目当てのものを手に入れてうれしそうにしていた安芸宮《あきみや》。

恥ずかしそうに、だけどしっかりと手をつないでくれた安芸宮《あきみや》。

花火を見上げながら……二人でいるのがいいと言ってくれた安芸宮《あきみや》

いつかの夏祭りの光景と、目の前の光景が、重なって塗りつぶされていく。

いやそれだけじゃない。

安芸宮《あきみや》と過ごした——一度目と二度目の、それぞれの夏の思い出。
初めて向日葵《ひまわり》畑で出会った日。
ホースで水をかけ合って笑い合った夏の青空の下。
安芸宮《あきみや》から誘われて二人で行った海の水の色と、空の匂い。
学校を休んだ安芸宮《あきみや》の看病をして「あーん」をした彼女の部屋。
彼女の本音と向き合って、告白をして、受け入れてくれた時の彼女の笑顔。
交錯するいくつもの夏。
それははたして一度目なのか、二度目なのか、それともそれ以外のものなのか。
もうわからない。
だけどそれらが次々と波のように押し寄せてきて、止まらない。
「……」
——ああ、やっぱりダメだ。
気づいてしまった。
思い知らされてしまった。
美羽《みう》の光が大きくなればなるほど、それは影のように大きくなっていく。

やっぱり俺は安芸宮《あきみや》のことが好きなんだ。

この想《おも》いを、なかったことにするなんてできない。

隣にいてくれることがなくなってしまっても、はっきりと拒絶されても、それでもなお求めてしまう。

夏の青空の下で——向日葵《ひまわり》のように笑う、彼女を。

「……」

「フジっち？」

立ち止まった俺を見て、美羽《みう》が不思議そうな顔で声をかけてきた。

「どしたの？　こんなとこで止まったらぶつかっちゃうよ。早く行かないと」

だけどすぐに何かに気づいたように、その端整な顔を曇らせた。

「……もしかしてさ、何か考えてる……？」

「……」

「……」

「……」

「……アキっちの、こと……？」

「……」

「……そう、なんだ……」

否定できない。

たとえ誤魔化したとしても、こういう時には女子の方がそういうことを察する勘が鋭いということを、俺はよく知っている。

そのまま沈黙が続く。

やがて祭囃子が一巡して。

「あーあ、やっぱりかー……」

空を見上げながら、美羽《みう》が言った。

「フジっちがずっとアキっちのことを忘れられないのは知ってたよ。あたしたちといっしょにいても、いつも一番大事な場所にはアキっちがいたことも……。だけど毎日いっしょに笑ってられれば、フジっちの一番近くにいれば、もしかしたらこっちを向いてくれるんじゃないかなってちょっとだけ思ってたんだけど」

「……」

「あはは、甘かったかー……」

答えられない。

俺自身も、もうこの感情の正体が何なのかわからない。

だけど胸の奥から……心の中の最も深いところから……安芸宮《あきみや》との思い出が湧き上がってくるのを、彼女への想《おも》いが日増しに大きくなってくるのを、抑えることができないのだけは真実だ。

それは幾度となく繰り返した夏が与えてくれた祝福なのかもしれないし――呪いなのかもしれなかった。

「……そうだよね、ここで気持ちにフタをさせちゃうのはフェアじゃないよね」

「美羽《みう》……？」

「いいよ、行ってきなって」

「え……？」

「アキっちのところだよ。今すぐに行って、気持ちを伝えてきなよ。そうしないと……フジっちは前に進めないんでしょ？」

真《ま》っ直《す》ぐに俺の目を見て、そう言ってくる。

「いや、だけど……」

「だけどもヤケドもないの。フジっちはそうしなきゃいけないいんだよ」

きっぱりとした、強い言葉。

けれど俺の足はまだ動かない。

「あー、もう！　だったらさっきの金魚すくいのお願いを使うから！　フジっちは今からさっさとアキっちのところに行ってくること。行って、アキっちに言いたいこと全部言って、それできっぱり振られてくればいいよ。そしたらあたしが、しょうがないからなぐさめてあげるから」

「美羽《みう》……」

「ほーらー、もう早く行けってばー！」

神社の入り口の方を向かせて、ぐいぐいと両手で背中を押してくる。

その背中に触れる手の温《ぬく》もりまでもが、後押しをしてくれているように思えた。

「ごめん。ありがとう……美羽《みう》」

「お礼は帰ってきた時でいいよ。今はいいからさっさと行く！」

「わかった。──行ってくる……！」

心の中でもう一度美羽《みう》に深く感謝をして、俺は走り出した。

お祭りの喧噪《けんそう》が、どこか遠くに聞こえたのだった。


「……フジっちの、ばーか」

「……」

「……うん、一番バカなのは、あたしか」

「……」

「……もしかしたら、この金魚をいっしょに育てる未来とかもあったのかな……」

「……」

「……って、そんなこと言ったってしょうがないのはわかってるけどさ……」

「……」

「……あーあ、もう、夏なんて大っ嫌いだー……」

5

夏の夜の湿気が、まとわりついてくるかのようだった。

全力で脚を動かす度に、全身から滝のように汗が噴き出してくる。

着ているTシャツはすでにベタベタになってしまっているし、前髪は額に張り付いて悲惨なことになっている。

だけど俺は走った。

周りから奇異の目で見られることなども構わずに、ひた走った。

向かっている先は……俺たちの思い出の場所であり、始まりの場所。

そこに来てくれるように、安芸宮《あきみや》にメッセージを送ったのだ。

どうして安芸宮《あきみや》のメッセージＩＤを知っているのかというと……彼女の友だちから聞いたか

らだ。

　不法侵入をした時にぶつかった聖樹館《せいじゅかん》の女子生徒。

　実はひょんなことから彼女と再び会う機会があって……その時に頼みこんで安芸宮《あきみや》の連絡先を聞いたのだ。

　てっきり難色を示されるかと思ったが、頭を下げて頼んだ俺に、彼女は驚くほどあっさりと首を縦に振ってくれた。

『……いいのか？』

『？　何がですか？』

『いや、こんなに簡単に教えてくれて……』

　こっちとしてはありがたいが、ある意味では拍子抜けでもあった。

　その疑問に、彼女はにっこりと笑ってこう答えた。

『ええ。だってあなたは、羽純《はずみ》ちゃんの大切な人なのでしょう？　でしたらお教えしない理由なんてありませんもの』

『や、もしかしたら俺がウソを吐《つ》いてる可能性だって……』

『それはありません』

　きっぱりと彼女はそう言った。

『そんなの、あなたの目を見ればわかります。それに羽純《はずみ》ちゃん、あの日からずっとさみしそうなんです。きっとあなたが関係しているんですよね？　だったら、こうするべきだと思ったんです』

『……ありがとう』

彼女には感謝しかなかった。

心からのお礼を伝えて、彼女と別れた。

そういうことがあって、安芸宮《あきみや》の連絡先を知ることができていた。

今日まで使うことがなかったのは……俺が臆病だったからだ。

その安芸宮《あきみや》のＩＤに、俺はこう送ったのだ。

『今から言う場所に来てほしい。どうしてももう一回だけ話したい。……これが最後だから』

返信は今のところない。

はたして安芸宮《あきみや》がこのメッセージをどう受け取ってくれたのか、読んでくれているのかさえもわからない。

だけどどうしてか俺は……絶対に彼女が来てくれると確信していた。

やがて周囲の景色は見慣れた通学路のものへとなっていく。

この先の十字路を抜けて、歩道橋を越えれば、その向こうに目的地が見えてくる。

俺たちが通っていた中学校。

俺たちが出会って、一度目と二度目の夏を過ごして、そして紆余《うよ》曲折《きよくせつ》の末に想《おも》いを通じ合わせた場所。

感覚的にはまだそこに通っていた時から数週間しか経《た》っていないのに、妙に懐《なつ》かしい心地を覚える。

少しだけ開けられていた校門の脇から中に入り、校舎裏へと向かう。

シンと静まり返った敷地《しきち》内。

ただ時折、思い出したかのようにセミの鳴き声が小さく響く。

そして――安芸宮《あきみや》はそこにいた。

夜でありながら、なお星の光を受けて鮮やかに輝く向日葵《ひまわり》。

安芸宮《あきみや》と俺の、思い出の、そして始まりの場所。

その黄色と銀色が混じり合った景色を背景にして……安芸宮《あきみや》は静かにたたずんでいた。

「安芸宮《あきみや》……」

「……」

「来てくれたんだな……ありがとう」

「……」

俺の声に安芸宮《あきみや》は答えない。

胸の前で手をぎゅっと握りしめたまま、黙ってこちらを見つめている。

ただ星の光に照らされて、月の光に彩《いろど》られた彼女は……神秘的で幻想的で、とてもきれいだと思った。

銀色に染まった周囲の風景。

夜なお鳴くセミの密《ひそ》やかな鳴き声。

どこまでも広がる黄色の絨毯《じゆうたん》。

どれくらいそうしていただろう。

「天の川……」

「え……？」

「きれい、だね……きらきら輝いて、向日葵《ひまわり》を淡く照らしてて……。七夕からはだいぶ過ぎちゃったけど……」

空を見上げながら、安芸宮《あきみや》はそう言った。

「そう、だな……」

空にあるのは天の川だったのか。

安芸宮《あきみや》に言われて初めて気づいた。

パノラマに広がった星空の中央では、確かに彼女の言う通り、光り輝く空の川が蕩々《とうとう》と流れていた。

「天の川とは……ちょっと縁があるんだ、わたし」

独り言のようにそう口にする。

そして一歩前に出て、彼女は真《ま》っ直《す》ぐに俺の顔を見た。

「話って……なにかな？」

そのどこまでも静かな声音に、一瞬怯《ひる》むも、すぐに心を奮い立たせる。

「あ──ああ。安芸宮《あきみや》と、俺のことだ」

「……」

「やっぱり俺は……どうしても諦められない。このまま別れて、安芸宮《あきみや》と交わることのない未来なんて、そんなものは選べない……！　だから安芸宮《あきみや》の本音を、本心を聞かせてほしい……！」

「……」

「安芸宮《あきみや》……！」

「……本心だよ。わたしはもう藤ヶ谷《ふじがや》くんと関わりたくない。いっしょにいたくないし、つながりを断ちたいって思ってる──」

「ウソだ！」

安芸宮《あきみや》の言葉を遮るように、俺は声を上げた。

「……本当、だよ。藤ヶ谷《ふじがや》くんにわたしの何がわかるの？」

「わかるさ！　ずっと見てたんだから」

「それは勘違いだよ。藤ヶ谷《ふじがや》くんとわたしは他人でしょう。他人の考えなんて、わからないんだよ」

「確かにそれはそうかもしれない。安芸宮《あきみや》と俺は違う人間だ。本当に何を考えているのかまではわからない」

「……そうでしょう、だったら――」

「だけどな！」

そこで俺は、真《ま》っ直《す》ぐに安芸宮《あきみや》の目を見た。

「だったら何で……そんな辛《つら》そうな顔で笑うんだ！」

「……っ……」

その言葉に安芸宮《あきみや》は身体《からだ》を震わせる。

今の安芸宮《あきみや》の表情は……何かを堪えるような泣き笑いのようなあの顔は、一度目の夏に見せていたものと同じだ。

表向きは平然と振る舞っているけれど、その奥に本心を隠した、偽りの笑顔。

決してそういう機微に鋭いとはいえない俺だけれど、この三度の夏を通して、それくらいはわかるようになっていた。

「だから俺は何回だって言う。本当のことを、安芸宮《あきみや》の本心を話してくれって。でも安芸宮《あきみや》がそれでも本当のことを話してくれないなら……」

「……」

「だったら……俺は右腕を折る！」

「……！」

その言葉に、安芸宮《あきみや》の顔色が変わった。

「な――なにバカなことを言ってるの……!?」

「バカなことじゃない！　それくらい大事だってことだ。夢よりも、こんな右手よりも、俺は安芸宮《あきみや》と向き合うことの方が大切なんだ……！」

それは俺の本心だった。

確かに絵を描くことは俺の夢だ。

だけどそれはあくまで安芸宮《あきみや》が隣にいてくれた上での……彼女の向日葵《ひまわり》のような笑顔があってこそのものだ。

彼女がいなければ、絵を描く意味なんてない。

安芸宮《あきみや》は、彼女の存在は、もう俺の中でそれほど大きなものになっていた。

きっと、と思う。

好きな相手を振り向かせるためになりふり構わないというのはこういう気持ちなのだろう。

他の全てを捨ててでも、その気持ちを手に入れたいと思う衝動。

佐伯《さえき》さんが言っていた言葉が、少しだけわかったような気がした。

「なんで……なんでそんなこと言うの……？　やめてよ……わたしは藤ヶ谷《ふじがや》くんに夢を追ってほしい……それだけなのに……」

「……」

「意味がわからないよ……わたしが……どれだけ悩んでこの答えを選んだのか、知らないくせに……」

「ああ、知らない。話してくれなきゃ、わからない」

「……」

「安芸宮《あきみや》……！」

「……」

顔をうつむかせたまま安芸宮《あきみや》は動かない。

その時、遠くで花火が上がる音が聞こえた。

断続的に、ドンドンという破裂音が小さくここまで響いてくる。

たぶん……夏祭りの花火が始まったのだろう。

その大輪の花が咲く音は、二度目に安芸宮《あきみや》と二人で見上げた、あの日の鮮やかな光の饗宴《きょうえん》を思い出させた。

その音が五回ほど鳴り響いた後だっただろうか。

安芸宮《あきみや》は顔を伏せたまま、口を開いた。

「……勝手なことばっかり、言わないで……」

「……？」

「……わたしだって……」

「……わ、わたしだって……ほんとはこんな選択をしたくない……！　藤ヶ谷《ふじがや》くんとの未来を選びたいのに……！」

苦しげに顔を上げて、絞り出すようにそう声を張り上げた。

「考えたんだよ……！　何回も、何回も、夜も眠れないくらい……頭の中がそれだけでいっぱいになっちゃいそうなくらい……！　だって……」

「わたしだって藤ヶ谷《ふじがや》くんのことが好きだから……！　大好きなんだから……っ……！」

両手を強く握りしめながら叫ぶ。

「そうだよ……！　藤ヶ谷《ふじがや》くんが言った通りだよ……！　わたしは本当の想《おも》いを隠してた……気持ちにフタをしてた……！　でも……でもしょうがないじゃない……そうするしかないんだから……！」

「安芸宮《あきみや》……」

安芸宮《あきみや》がこんなに感情をあらわにするのは……今まで目にしたことがなかった。

一度目の夏も、二度目の夏も、そして当然この三度目の夏でも。

だからこそ……今は彼女がその胸の内を、本当の気持ちを話してくれているということがわかる。

それが俺には、嬉《うれ》しい。

だからそんな彼女に、俺は言った。

「あのさ、俺は諦めが悪いんだ」

「え……？」

「安芸宮《あきみや》の傍《そば》にいることを、いっしょに歩いていく未来を選ぶことを、どうしても諦められなかった。だから何回も夏に戻った……安芸宮《あきみや》の本当の気持ちを知るために、つながりを切らないために……」

「何回、も……？」

「ああ……何を言っているのかわからないかもしれないけど……。それで、俺はこの先も何回だって同じことをする。安芸宮《あきみや》が心から望む未来を選んでくれるまで。安芸宮《あきみや》のことが……好きだから。だから安芸宮《あきみや》がいくら俺を遠ざけようとしたって、ムダだ」

やっとわかった。

自分の本当の気持ちを、ようやく理解することができた。

俺は安芸宮《あきみや》のことが好きだ。

たとえすれ違うことがあっても、拒絶されても、それでもいっしょにいたいと、その向日葵《ひまわり》のような笑顔を見ていたいと思ってしまう。

だからその後悔が払拭《ふっしょく》されるまで、安芸宮《あきみや》との未来をこの手につかむまで……俺はタイムリープをすることをやめないだろう。

「……」

はたして俺の言葉を安芸宮《あきみや》がどうとらえてくれたのかはわからない。

何かの比喩か、あるいは世迷《よま》い言《ごと》だと思われているかもしれない。

だけど長い沈黙の後、息を吐き出すようにして彼女は言った。

「……そっか、そうなんだね……」

「安芸宮《あきみや》……」

「……藤ケ谷《ふじがや》くんは、バカだなぁ……」

「え……？」

「……わたしなんかのために……そんなにがんばってくれるなんて……物好きすぎるよ……ほんとにバカだよ……」

「あー、よく言われる」

「でも……うれしかった……よ。そんな風に真《ま》っ直《す》ぐな気持ちをぶつけられたのは、今回が初めてだったから……。きっとそういうところが……好き……なのかもしれない。わたしもバカだから……そこまで言われたら、もうガマンできないよ……気持ちを抑えることができなくなっちゃう……。だって、そんな……」

「──そんな向日葵《ひまわり》みたいに、素敵な想《おも》いを真《ま》っ直《す》ぐにぶつけられたら……」

涙混じりの声で、そう笑みを浮かべる安芸宮《あきみや》。

「それじゃあ……」

「……うん。わたしも、覚悟を決めたよ。たとえ未来がどうなるかわからなくても……藤ケ谷《ふじがや》くんといっしょに歩こう、同じ時間を過ごそうって……」

「あ……」

そう言うと、安芸宮《あきみや》はゆっくりと俺の方へと歩み寄ってきた。

手が届くほどの距離まで来ると、そのままぽすん……とその頭を俺の胸に当てる。

「おかえり、安芸宮《あきみや》……」

「うん、ただいま……」

俺の胸の中で淡い微笑《ほほえ》みを浮かべる安芸宮《あきみや》。

その温《ぬく》もりはとても懐《なつ》かしくとても柔らかで、いつの間にかセミも鳴き止《や》んでいた夏の夜の静謐《せいひつ》な空気の中で、なお染《し》み入《い》るように伝わってきて……

もう二度と離したくないと思った。

何があっても、二人の未来を歩いていきたいと思った。

――この世界のだれよりも大切な、向日葵《ひまわり》みたいな彼女と。

だけど俺は何もわかっていなかった。
この時の安芸宮の言葉の意味も、そして笑顔の内に秘めていたその覚悟も。

モノローグ

幕間③

わたしがあの人と付き合い始めたのは、中学二年の時だった。

お気に入りだった向日葵《ひまわり》畑の前で絵と手紙を受け取って、そしてわたしはその想《おも》いを受け入れた。

だってわたしも……同じ気持ちだったから。

楽しかった。

幸せだった。

やさしくて、穏やかで、でも時には頼りがいもあって……わたしはあの人のことが大好きだった。

二人でたくさんのことをした。

花壇で色々な花を育てたり、いっしょに登下校をしたり、夏祭りに行ったり、海水浴に行ったり、ただ向日葵《ひまわり》を見たり……

思い出は、数え切れないほどある。

そのどれもが胸の中のアルバムでキラキラと輝いていて、そしてそれらはこれからも増えていくのだと、信じて疑わなかった。

──彼がわたしをかばって事故に遭い、絵が描けなくなるまでは。

それでもよかった。

絵が描けなくても構わなかった。

わたしはもちろん彼の絵は好きだったけれど、消えてしまいたいほど辛かったあの時に元気をもらったのは初めて見た彼の向日葵の絵だったけれど、でも彼の絵と付き合おうと思ったわけじゃない。

彼が描くから、彼の想《おも》いがそこに結実しているのを見て取ることができたから……好きだったのだ。

だけど彼には……その気持ちは届かなかった。

絵が描けなくなったことで、次第に自暴自棄になった。

お酒を飲む量が多くなり、夜の街に出かけることが多くなった。

そしてその末に……亡《な》くなった。

そうだ。

──わたしは彼と付き合っては……関わってはいけなかったのだ。

ベッドの上で冷たくなった彼の手に自分の手を重ねる。

少し前まで温かく、そしてたくさんの素敵な作品を生み出すはずだった……手。

それをぎゅっと握りしめながら、わたしは彼にそっと唇を重ねた。

どうしてそうしたのかはわからない。

感情が抑えられなくなったのかもしれないし、別れの儀式だったのかもしれない。

だけど次の瞬間……意識が歪《ゆが》むのを感じた。

涙で濡《ぬ》れていた視界がさらにぼやけていき、周囲の喧噪《けんそう》がフィルターを通したかのように遠くに聞こえる。

まるで精神だけが乖離《かいり》して、自分の身体《からだ》から離れていくような感覚。

そのまま……わたしの意識は薄れていった。

完全に意識が闇に落ちる寸前に、どこからか懐《なつ》かしい向日葵《ひまわり》の匂いがしたような気がした。


——それは長い長い、繰り返しの始まりだった。

エピローグ

epilogue

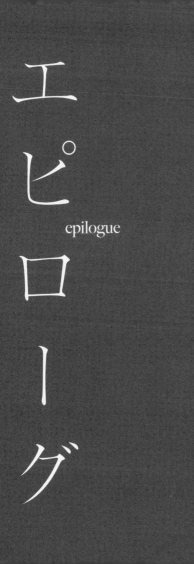

❀❀❀❀❀❀❀❀❀❀❀❀❀❀❀❀❀❀❀❀❀❀❀❀❀❀❀……

こうして、安芸宮《あきみや》と俺は……再び付き合うことになった。

夏休みが明けた後に、事情を話すと、美羽《みう》は最初は複雑な顔で、でもすぐにぱあっと明るい笑顔になって。

「そ、そっか、よかったじゃん、フジっちもアキっちも！」

「美羽《みう》……ごめん……」

「ちょ、ちょっと待って、なんで謝るの！　フジっちもアキっちも悪くないんだから、そんなのはいいんだって……」

「だけど……」

「ほんと……いいんだよ……」

力のない声でそう言いながら、美羽《みう》は自分の席へと戻っていった。

佐伯《さえき》さんも困ったような顔で「う、うーん、まあしょうがないことなんだろうけど……でも美羽《みう》のことを考えると、私からは何も言えないかな……」と口にするだけだった。

その日から、何となく二人とは疎遠になってしまった。

顔を合わせれば挨拶や会話はするものの、どこかよそよそしい空気。

安芸宮《あきみや》を中心とした俺たちの関係性が変わってしまった以上、これまで通りとはいかないのは仕方がないとは思ったけれど……それでも少しだけさみしく感じた。

日輪《ひわ》先輩にも安芸宮《あきみや》とのことを報告しようとした。

安芸宮《あきみや》との縁をこうして結び直すことができたのは、他ならない先輩が安芸宮《あきみや》の所在を教えてくれたことがきっかけだ。

だけど……それは叶《かな》わなかった。

色々と訊《き》きたいことや確認したいこともあったのだけど、あの日以来先輩は向日葵《ひまわり》畑に来なくなってしまった。

それだけじゃない。

先輩を訪ねて二年生の教室に行ってみたものの、ついぞ見つけることができなかった。

だれに訊《き》いても、〝天川日輪《あまかわひわ》〟という人物は知らないと首を横に振られた。

まるで最初からそんな人なんていなかったみたいに。

そんな様々な変化に直面しながらも、俺たちは高校を卒業して、同じ大学に通うことになった。

「おはよう、藤ヶ谷《ふじがや》くん」

「ああ、おはよう。安芸宮《あきみや》も今日は一限からか？」

「うん。まだヒルガオみたいに眠いよ〜」

「俺も……」

「だよね〜。あ、じゃあお互いで起こしっこしない？　どっちかが寝ちゃったら、ほっぺたをつんつんして起こすの」

「お、それいいな」

「でしょ？　えへへ」

向日葵《ひまわり》のような笑顔。

慎《つつ》ましやかながらも、二人の時間を過ごすことができていた。

「今日も授業が終わったら、モデルになってもらってもいいか？」

「え、それはいいけど……」

「？」

「わたしばっかり描いてて……藤ヶ谷《ふじがや》くんは、飽きたりしないのかなって」

「何だ、そんなこと」

「うう、でもでもー」

「飽きるわけない。むしろ安芸宮《あきみや》のことを知れば知るほど、もっともっと描きたくなる」

「あ……」

「だから、描いてもいいか？」

「……（こくり）」

毎日のように安芸宮《あきみや》の絵を描いたり。

「ね、ね、手、つないでもいいかな？」

「え？」

「ほら、こっちの帰り道にはだれも来ないし、だれも見てないよ？　付き合ってるんだし、それくらいよくない？」

「……」

「……（じー）」

「……ほら」

「え、えへー」

二人で手をつなぎながらいっしょに帰ったり。

「もう分かれ道かー。ここでばいばい、だね」

「そうだな……」

「ヘンだな……もうちょっといっしょにいたいって思っちゃう。今日も一日エバーフレッシュみたいにずっといっしょだったのに……」

「や、それは……」

「……？」

「その、俺も同じで……」

「藤ヶ谷《ふじがや》くん……」

「安芸宮《あきみや》……」

「……」

「……」

別《わか》れ際《ぎわ》を惜しんで、二人でお互いを見つめ合いながら十分以上その場に留まったりもした。

「ねえ、そういえばなんだけど……」

ある日、安芸宮《あきみや》が言った。

「ん？」

「わたしたち、いつまで〝藤ヶ谷《ふじがや》くん〟と〝安芸宮《あきみや》〟なの？　ほ、ほら、いちおうもう付き合ってけっこう経《た》つんだから、なんか他人行儀かなって……」

「それは確かに……」

同じことは俺も思っていたけれど、これまで何となくそのままで変えられずにいたのだ。

「わ──わかった。じゃあこれからお互いに下の名前で呼ぼう」

「うん」

「あー、その……」

「……」

「……羽純《はずみ》」

「は、はいっ」

少しだけ戸惑ったように、だけどうれしそうに安芸宮《あきみや》──羽純《はずみ》がうなずく。

「じゃ、じゃあ今度は安芸宮《あきみや》──羽純《はずみ》の番だぞ」

「あ、う、うん……」

「……」

「その……」

「……」

「……あ、日明《あきら》……っ……」

「……」

「……」

「な、なんか……意外と恥ずかしいね、これ」

とはいえ悪い気はしなかった。

というか何だか一気に距離が縮まったような気がして……何だか面映《おもは》ゆい心地だった。

「だな……」

そんな、毎日。

幸せだった。

追いかけたい夢があって、隣にはそれを応援してくれる、自分と同じくらい——いや自分以上に大切にしたいと思っている相手が、笑いかけてきてくれる。

いつだって向日葵《ひまわり》のような笑顔でそこに咲いていてくれる羽純《はずみ》は、俺にとって唯一無二のかけがえのない存在だ。

これ以上望むことなんて何もない。

やっと望む未来にたどり着くことができた。

このままこんな時間がずっと続いてくれればいいのにと、本気でそう願っていた。

だけど……

それは七月の、ある日だった。

雨がザーザーと音を立てて降っていた。

視界が白く濁り、七月の蒸し暑い空気の中、細かい糸のような水滴が傘をさしていてもまとわりつくように服に張り付いてきて少しだけ鬱陶しい。

だけどそんな鬱陶しさも、大して気にならなかった。

「ねえ、次はどこに行く？」

隣で傘をさしながら並んで歩いていた羽純《はずみ》が、そう軽やかに口にした。

「そうだね、駅前の公園とかは？」

「あ、いいかも……。あそこも向日葵《ひまわり》がたくさん咲いててきれいだもんね」

うなずき返して、歩き出す。

その時だった。

ふいに目の前が真っ白になった。

続いて響く耳障《みみざわ》りなクラクション。

「危ない……！」

とっさの判断だった。

考えるよりも先に、身体《からだ》が動いていた。

羽純《はずみ》をかばうように全力で歩道側に押しのけようとする。

だけどそれはできなかった。
助けようとした彼女に、逆に押し返された。
「え……？」
困惑とともに、バランスを崩す。
周りの景色が、スローモーションのように見えた。
迫り来る車よりも、顔に当たる雨粒よりも、俺の頭の中には疑問符が浮かんでいた。
だって彼女は、羽純《はずみ》は笑っていた。
まるでこうなることがわかっていたように。
こうすることを初めから決めていたかのように。
満足そうな笑顔で……俺のことを力いっぱい押しのけたのだ。
直後に、轟音《ごうおん》が響き渡った。
「羽純《はずみ》……！　羽純《はずみ》……っ……！」
倒れた彼女に必死に呼びかける。
だけど彼女は答えない。
まるで眠っているかのように目を閉じたまま……俺の腕の中でぴくりとも動かない。

真っ白な顔。

辺りに広がる、真っ赤な水たまり。

冷たくなっていく身体《からだ》。

こんなの……こんなのってないだろ……！

せっかく安芸宮《あきみや》との未来をつかむことができたのに、何もかもこれからなのに、こんなことって……！

「……」

目を閉じたまま動かない羽純《はずみ》。

その彼女の顔に……そっと唇を重ねた。

意識がぐにゃりと歪《ゆが》むのを感じた。

鮮やかだった視界がぼやけていき、周囲の喧噪《けんそう》がフィルターを通したかのように遠くに聞こえる。

——そして俺は、最後のタイムリープをした。

あとがき

こんにちは、またははじめまして。五十嵐雄策《いがらしゆうさく》です。

この度は『青春2周目の俺がやり直す、ぼっちな彼女との陽キャな夏』2巻を手に取っていただき、本当にありがとうございます。


1巻を気になるところで引いてしまって申し訳ございません。

今巻は前巻からの続きとなりまして、再び夏にタイムリープをするお話です。

少しだけ懐《なつ》かしい夏の雰囲気を感じていただきつつ、物語的にはターニングポイントの巻となっております。1巻で名前だけは出ていた新キャラも出ます。

そして今巻もまた割と気になる引きをしてしまっているのですが……どうぞもう少しだけ向日葵《ひまわり》と夏のお話を楽しんでいただけましたら幸いです。


ここからはお世話になった方々に感謝の言葉を。

担当編集の小野寺《おのでら》様、黒川《くろかわ》様。様々な面でサポートしていただき、本当にありがとうございました。

イラスト担当のはねこと様。今回も本当に本当に素敵なイラストをありがとうございました……！　執筆中はイラストが届く瞬間が一番楽しみでした。

またこの本が世に出るにあたって様々な方面からご助力いただいたたくさんの方々、本当に心からありがとうございました。

そして何よりもこの本を手に取ってくださった全ての方々に最大限の感謝を。

それではまたお会いできることを願って――

二〇二四年一月　五十嵐雄策《いがらしゆうさく》

◉五十嵐雄策著作リスト

「乃木坂春香の秘密①～⑯」（電撃文庫）
「乃木坂明日夏の秘密①～⑥」（同）
「はにかみトライアングル①～⑦」（同）
「小春原日和の育成日記①～⑤」（同）
「花屋敷澄花の聖地巡礼①②」（同）
「城ヶ崎奈央と電撃文庫作家になるための10のメソッド」（同）
「続・城ヶ崎奈央と電撃文庫作家になるための10のメソッド」（同）
「城姫クエスト　僕が城主になったわけ」（同）
「城姫クエスト②　僕と銀杏の心の旅」（同）

「SE-Xふぁいる　ようこそ、斎条東高校「超常現象☆探求部」へ！」（同）
「SE-Xふぁいる　シーズン2　斎条東高校「超常現象☆探求部」の秘密」（同）
「幸せ二世帯同居計画　～妖精さんのお話～」（同）
「終わる世界の片隅で、また君に恋をする」（同）
「ちっちゃくてかわいい先輩が大好きなので一日三回照れさせたい1～4」（同）
「琴崎さんがみてる　～俺の隣で百合カップルを観察する限界お嬢様～」（同）
「天使な幼なじみたちと過ごす10000日の花嫁デイズ」（同）
「青春2周目の俺がやり直す、ぼっちな彼女との陽キャな夏1～2」（同）
「小説版ラブライブ！虹ヶ咲学園スクールアイドル同好会
紅蓮の剣姫～フレイムソード・プリンセス～」（同）
「ぼくたちのなつやすみ　過去と未来と、約束の秘密基地」（メディアワークス文庫）
「七日間の幽霊、八日目の彼女」（同）
「ひとり旅の神様」（同）
「ひとり旅の神様2」（同）
「いつかきみに七月の雪を見せてあげる」（同）
「下町俳句お弁当処 芭蕉庵のおもてなし」（同）
「恋する死神と、僕が忘れた夏」（同）
「八丈島と、猫と、大人のなつやすみ」（同）

本書に対するご意見、ご感想をお寄せください。

ファンレターあて先
〒102-8177　東京都千代田区富士見2-13-3
電撃文庫編集部
「五十嵐雄策先生」係
「はねこと先生」係

本書は書き下ろしです。

電撃文庫

青春《せいしゅん》2周目《しゅうめ》の俺《おれ》がやり直《なお》す、ぼっちな彼女《かのじょ》との陽《よう》キャな夏《なつ》2

五十嵐雄策《いがらしゆうさく》

2024年3月10日　初版発行

発行者　山下直久
発行　株式会社KADOKAWA
〒102-8177　東京都千代田区富士見2-13-3
0570-002-301（ナビダイヤル）
装丁者　荻窪裕司（META＋MANIERA）
印刷　株式会社暁印刷
製本　株式会社暁印刷

ISBN978-4-04-915592-1　C0193　Printed in Japan

電撃文庫　https://dengekibunko.jp/

レプリカだって、恋をする。
Even a replica falls in love
榛名丼
［イラスト］
raemz
16歳、夏。はじめての、青春。
愛川素直という少女の
身代わりとして働く
分身体《レプリカ》、それが私。
本体のために生きるのが
使命……なのに、
恋をしてしまったんだ。
海沿いの街で
巻き起こる
ちょっぴり不思議な
青春ラブストーリー。
応募総数
4,128作品の
頂点
第29回
電撃小説大賞
大賞
受賞作
電撃文庫

第29回
電撃小説大賞
金賞
受賞作
夢の中で「勇者」と称えられた少年少女は、
美しき女神の言うがまま魔物を倒していた。
――その魔物が〝人間〟だとも知らず。
勇者症候群
Hero Syndrome
[著] 彩月レイ
[イラスト] りいちゅ
[クリーチャーデザイン] 劇団イヌカレー(泥犬)
少年は《勇者》を倒すため、
少女は《勇者》を救うため。
電撃大賞が贈る出会いと再生の物語。
電撃文庫

クセつよ異種族で行列ができる結婚相談所
～看板ネコ娘はカワイイだけじゃ務まらない～
五月雨きょうすけ ill. 猫屋敷ぷしお
見習い秘書係のネコ娘、今日も頑張っています！
第29回 電撃小説大賞 受賞作
電撃文庫
特設サイトをcheck!!
STORY
訪れるのはワケあり相談者ばかり？
異種族同士の婚活って大変なんです！
ドタバタ婚活ファンタジー、はじまります!!
電撃文庫

二月 公
イラスト／さばみぞれ
声優ラジオのウラオモテ
#01 夕陽とやすみは隠しきれない？
オモテは元気＆清楚なアイドル声優／
ウラはギャル＆根暗地味子な女子高生!?
プロ根性で世界をダマせ!
バレたらアウトの声優ラジオ
Now On Air!!
第26回
電撃小説大賞
大賞
受賞
電撃文庫

男女の友情は成立する？
＼いや、しないっ!!／
七菜なな
イラスト／Parum
アタシと親友だけの青春やってようぜ！
友情を誓った親友同士が――まさかの〈両片想い〉に!?
ある中学生の男女が、永遠の友情を誓い合った。1つの夢のもと運命共同体《しんゆう》となったふたりの仲は、特に進展しないまま高校2年生に成長し!?　親友ふたりが繰り広げる、甘酸っぱくて焦れったい〈両片想い〉ラブコメディ。
電撃文庫

俺の！
ステラは!!
世界一!!!
目覚めたら、
ツンデレ聖女様の
杖だった!?
ツンデレ魔女を
殺せ、と
女神は言った。
ミサキナギ
Illust 米白粕
電撃文庫

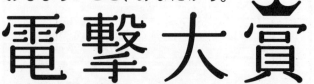